W0285873

Nancy Drew
Detective

Titre original
Nancy Drew Girl Detective
*# 10 Uncivil acts*


ISBN 13 : 978-2-7470-2432-7
Dépôt légal : octobre 2007
Loi n° 49 956 du 16 juillet 1949
sur les publications destinées à la jeunesse.


*Imprimé en France par BRODARD ET TAUPIN*
N° d'impression : 43958

Carolyn Keene

Nancy Drew Detective

# Sécession !

Traduit de l'anglais (États-Unis)
par Anna Buresi

BAYARD JEUNESSE

# 1. Effervescence en ville

– Nancy ! Nancy !

La voix de ma meilleure amie, Bess Marvin, retentit par-dessus le brouhaha, dans un de nos restaurants préférés de River Heights, le Mille-feuilles de Susie.

En face de moi, George, la cousine de Bess – mon *autre* meilleure amie –, leva les yeux au ciel.

– La folle de mode a encore craqué, ironisa-t-elle.

Se frayant un passage entre les dîneurs, Bess brandit au-dessus de sa tête un énorme carton à chapeaux.

– Enfin, je l'ai, ma capeline du XVIII^e !

s'écria-t-elle en parvenant à la table où nous étions installées. J'avais peur qu'elle n'arrive pas avant le grand jour !

– Bess s'est déchaînée sur le Net, m'expliqua George. Elle a commandé des falbalas pour la reconstitution de samedi prochain. La Toile ne l'intéresse que pour le shopping !

George faisait allusion à la grande reconstitution d'un épisode de la guerre de Sécession qui aurait lieu sous peu dans notre ville.

Déposant sa boîte devant nous, Bess souleva le couvercle et, plongeant ses mains dans un nid de papier de soie, sortit son acquisition :

– Cette capeline est sublime, non ?

Elle nous montra un chapeau en paille, avec une calotte à l'ancienne à large bord et des rubans d'attache. Elle en coiffa ses longues boucles blondes, puis noua sous son menton les rubans en satin bleu, qui s'harmonisaient joliment avec la couleur de ses yeux.

« Ça lui va à ravir ! » pensai-je. Bess, qui est une vraie beauté, se montre toujours très coquette. En revanche, nous ne sommes pas du genre à faire des frais de toilette, George et moi !

– J'ai aussi une superbe crinoline, avec une ribambelle de jupons à superposer, continua-t-elle. Et une robe divine, en basin imprimé de fleurs bleues. Je vous ferai un défilé à la maison !

– Gabriel Marvin doit se retourner dans sa tombe, maugréa George.

– Gabriel Marvin ? Qui est-ce ? m'enquis-je.

Ôtant son chapeau et prenant place sur la chaise que nous lui avions réservée, Bess m'expliqua :

– C'était notre arrière-arrière-arrière-arrière-grand-père ! Maman est allée aux archives municipales, la semaine dernière, pour obtenir des extraits de certains registres officiels. Figure-toi que notre aïeul commandait le régiment de River Heights pendant la guerre de Sécession !

– Rien que ça ? Fuiou ! sifflai-je, épatée.

– Et tes ancêtres, Nancy ? me demanda Bess.

– Papa a fait des recherches généalogiques. Il a déniché deux noms : Caleb et Carson Drew. J'ai rempli un formulaire mardi dernier à la mairie, j'aurai les résultats cet après-midi.

– Ainsi, il y avait déjà un Carson dans votre famille, dit George. Comme ton père.

– C'est un prénom récurrent chez les Drew, précisai-je en acquiesçant. Caleb et Carson avaient l'âge de combattre en 1861, lorsque la guerre civile a éclaté. Mais j'ignore s'ils ont pris les armes ou non.

– Bien sûr que si ! décréta Bess. Tout le monde s'enrôlait, à l'époque ! Pareil que pour la reconstitution de samedi : presque toute la ville rejouera la bataille de Black Creek !

Tiraillant une de ses courtes boucles brunes – un tic caractéristique ! –, George observa :

– Je ferai partie des combattants, comme Nancy. Mais toi, tu as décidé de te joindre aux infirmières volontaires, que je sache.

Bess lui tira la langue :

– Nous aussi, nous avons un rôle important ! Nous dirigeons l'antenne chirurgicale, faisons de la charpie, tricotons des chaussettes et cuisinons pour les troupes.

– Il y aura à manger ? s'exclama George, alléchée. Je n'étais pas au courant.

– Inutile d'en faire tout un plat ! plaisanta Bess. Les organisateurs nous apprennent à préparer un authentique rata. Ce que mangeaient les soldats, quoi : bœuf salé, biscuits et bouillie de maïs. Beurk !

Glissant deux doigts dans sa bouche, elle fit mine de vomir, pour mieux ponctuer son commentaire. Je lui suggérai :

– Engage-toi dans les fantassins, alors. Ce sera marrant ! On sera toutes les trois ensemble !

– Tu oublies la véritable motivation de Bess,

Nancy : les fringues ! C'est tout ce qui l'intéresse dans cette reconstitution ! rigola George.

Je ne pus résister à l'envie de taquiner Bess, moi aussi :

– Celles qui travaillent aux cuisines et à l'hôpital n'ont pas besoin de se costumer en belles du Sud !

Picorant une tomate cerise dans l'assiette de sa cousine, Bess s'insurgea :

– Pourquoi une « belle du Sud » ? Les filles du Nord aussi avaient du goût !

– Hé, du calme, Scarlett ! l'asticota George, écartant son assiette hors de sa portée. Nancy sait pertinemment que tu ne voudrais jamais tenir le rôle d'une Sudiste !

Cette réflexion me parut si bizarre, si déplacée, que j'en restai sans voix. Je n'eus pas le temps de trouver la réplique appropriée, un homme qui gagnait la sortie du restaurant venait de s'arrêter à notre table :

– Ah, mesdemoiselles ! Vous êtes celles qu'il me faut !

C'était Harold Safer, le propriétaire de la fromagerie de River Heights. Harold est un sacré personnage ! C'est aussi un homme charmant, et nous aimons sa compagnie, mes amies et moi.

– Mme Mahoney vient de m'enrôler pour

organiser son petit pique-nique à Bluff View Park vendredi soir, nous annonça-t-il.

– Un *petit* pique-nique ? ironisa George. L'événement du siècle, oui ! Il y a des affiches publicitaires plein la ville !

Harold soupira :

– J'admets que ça prend des proportions démesurées… Mais c'est une charmante idée d'agrémenter notre reconstitution d'un pique-nique. Cela me fait penser à *The Music Man*. Vous connaissez cette comédie musicale, les filles ? J'en ai vu une représentation extraordinaire à New York !

« Sauve qui peut ! » pensai-je. Quand Harold se lance sur les spectacles de Broadway, il est capable de *s'éterniser* des heures sur ce thème ! Étourdiment, Bess s'écria :

– J'ai vu le film, il est génial ! C'est vraiment un classique.

– N'est-ce pas ? enchaîna Harold, aux anges. Il y a un passage que j'adore…

À cet instant, se ruant vers nous, une petite femme rousse d'allure dynamique tendit sa main à Bess en énonçant :

– Pam Mattei, de Dawn's Early Light Productions. Nous organisons les effets pyrotechniques de la reconstitution et le feu d'artifice du pique-nique.

D'emblée, elle me porta sur les nerfs. J'ignore si c'était dû à son regard perçant ou à son attitude agressive… En tout cas, elle me donna l'impression de dissimuler quelque chose.

Rayonnant, Harold nous précisa :

– Pamela a suggéré de distribuer des colliers fluorescents aux pique-niqueurs. Vous nous y aiderez, j'espère ?

– Des colliers fluo ? Ça fera un effet génial à la tombée de la nuit ! s'exclama Bess. Les enfants vont adorer ! On vous donnera un coup de main, bien sûr.

Je me levai brusquement en disant à George :

– Tu m'enverras les détails de l'organisation par mail. Je vais aux archives avant qu'il y ait la queue. Vu que tous les habitants de River Heights veulent des infos sur leurs ancêtres, il y aura foule.

– Je ne pense pas. Ils ont dû effectuer leurs recherches généalogiques sur le Net, objecta George.

– Peu importe, il faut que j'y aille. À plus !

Je pris mon addition, saisis mon sac et ma veste sur le dossier de ma chaise, et partis.

En m'approchant de la caisse pour payer ma note, je me demandai pourquoi j'étais à cran. Il me fallut un moment pour comprendre que j'étais *jalouse* ! Et que je me sentais mise à l'écart. Vous comprenez, Bess et George ont encore leurs *deux* parents. De plus, Bess a une petite sœur, et George, deux frères. Comme si cela ne suffisait pas, elles sont cousines germaines et habitent tout près l'une de l'autre.

Alors que moi… eh bien, je suis fille unique. Ma mère est morte lorsque j'avais à peine trois ans. Et si nous sommes très proches, papa et moi, c'est inévitable, non ? Je n'ai que lui, et il n'a que moi !

J'inspirai à pleins poumons en sortant du restaurant, soulagée d'avoir remis les choses en perspective. Ni Bess ni George n'avaient voulu me mettre mal à l'aise ! Elles se montrent d'ailleurs très sensibles à ma situation familiale, en général. C'était moi qui prenais les choses trop à cœur… Tout ça à cause de cette fichue reconstitution ! Dans un tel contexte, les gens se focalisaient sur leur famille…

– Hé, Nancy ! Attends !

Harold Safer venait de lancer cet appel. M'ayant rejointe, il fit un bout de chemin avec moi.

– Pourrais-tu venir à la réunion d'organisation du pique-nique, demain après-midi ? me demanda-t-il. On se rassemble à la Société historique à quatorze heures. Toutes ces festivités entrent dans le cadre de son soixante-quinzième anniversaire, comme tu le sais.

– Pas de problème, j'y serai.

– George m'a appris que vous participez à la reconstitution dans les troupes de fantassins. C'est excitant, non ? Tu es dans quel régiment ?

– Je ne le sais pas encore. Je me rends justement aux archives pour savoir de quel côté mes aïeux ont combattu. J'ai décidé de m'engager dans le même camp que mes ancêtres.

– Je suis tout à fait d'accord. C'est ce que font la plupart des gens auxquels j'ai parlé. Tu sais, une chose me frappe : ils sont très nombreux à se rattacher au 7e Régiment de l'Illinois. Il était très important, apparemment ; il avait attiré des recrues à des kilomètres à la ronde. Certaines n'étaient même pas originaires de l'Illinois, d'ailleurs.

– Au fond, ça n'a rien d'étonnant. C'est mathématique, dis-je. Il est probable qu'un bon nombre de vétérans se sont établis dans les États voisins, après la guerre. Si leurs descendants sont restés dans les environs de River Heights génération après génération, cela doit faire pas mal de monde, maintenant.

Harold observa :

– Il y a pourtant quelque chose de bizarre…

Si je ne me trompe pas, notre région était peuplée de fermiers originaires du Sud et du Nord à parts égales. Et ils s'étaient enrôlés aussi bien dans l'armée des États confédérés que dans celle des États de l'Union. Il arrivait même que des frères choisissent des camps opposés ! Un drame pour bien des familles ! Cela m'a toujours paru affreusement triste. Un peu comme une sorte de grand mélo national.

Là-dessus, il poussa un long soupir très théâtral. Puis il reprit :

– Quoi qu'il en soit, les descendants des Sudistes vivent sans doute aussi dans le secteur. Or, personne ne s'est encore porté volontaire pour faire partie des Confédérés.

– Ah ? m'étonnai-je.

Puis, ayant réfléchi un instant, je réalisai que je ne connaissais que des figurants nordistes, moi aussi :

– Comment va-t-on pouvoir reconstituer la bataille de Black Creek, si le camp adverse n'existe pour ainsi dire pas ?

– Les organisateurs ont sûrement une solution, affirma Harold, optimiste de nature. Bon… Nous voici rendus à la mairie, Nancy. Bonne chance pour tes recherches, et à demain !

– Merci. À demain !

Nous nous séparâmes, et je commençai à gravir le perron de l'hôtel de ville. Nos archives municipales se trouvent au rez-de-chaussée, dans une salle moderne bien aménagée. L'ancienne mairie ayant subi une inondation dans les années vingt, on n'y trouve guère de vieux cabinets de rangement poussiéreux. Plutôt des ordinateurs et des microfiches. Pour obtenir des informations antérieures à 1920, on doit remettre un formulaire à une archiviste, qui envoie des demandes de renseignements par mail aux églises, aux écoles, aux hôpitaux de River Heights et des villes voisines, puis collationne les éléments en provenance de ces diverses sources. Il faut parfois plusieurs jours pour obtenir une réponse !

Papa avait trouvé les noms de nos ascendants dans une vieille bible familiale. Si Caleb et Carson Drew avaient été actifs dans la région vers 1860, on en retrouverait la trace dans quelque registre. Et, s'ils avaient fait partie d'un régiment – le 7$^{e}$ de l'Illinois, par exemple, comme tant d'habitants de notre ville –, cela apparaîtrait sûrement dans les rôles de l'armée.

L'archiviste qui avait réceptionné ma demande deux jours plus tôt sourit en m'apercevant.

– Ah, mademoiselle Drew ! Vous avez de la chance.

Elle prit un dossier en papier kraft sur son bureau, et j'eus un frisson d'excitation.

– Vous avez retrouvé la trace des frères Drew ?

– Mieux que ça ! Leurs certificats de baptême, leurs inscriptions scolaires, leurs transactions immobilières figurent dans les archives du comté. Ils ont signé le registre des mariages de l'église lorsqu'ils ont pris femme : Caleb en 1861, et son cadet, Carson, en 1869, après la guerre. Tu peux en être fière, Nancy ! C'étaient apparemment des citoyens très respectés.

J'eus une bouffée d'orgueil.

– Et leurs faits de guerre ? m'enquis-je, ouvrant le dossier qu'elle m'avait remis et saisissant le premier feuillet avec un petit coup au cœur.

– Ils ont accompli leur devoir avec honneur, continua-t-elle. Caleb était sergent, et Carson s'est élevé au grade de lieutenant. Ils ont appartenu tous les deux au 67e régiment du Tennessee.

– Du *Tennessee* ? coassai-je.

– Oui. Il y avait de nombreux sympathisants de la cause confédérée, en ville, tu sais.

Lorsque la guerre a éclaté, ils sont tous partis s'enrôler.

Bref, Caleb et Carson Drew avaient été… des Sudistes !

# 2. Nord ou Sud ?

Mal à l'aise, je fixai le document que je tenais. Si je m'étais attendue à ça ! George et Bess étaient mes amies d'enfance. Nous étions unies comme les doigts de la main. Alors, inconsciemment, j'avais supposé que Caleb et Carson Drew et Gabriel Marvin avaient formé, à notre instar, un groupe soudé ; qu'ils avaient combattu côte à côte. Quelle erreur !

D'habitude, je n'ai pas de secrets pour mes meilleures amies. Mais, là, mon instinct me soufflait de taire ma découverte. Convaincue qu'il fallait être fidèle à la vérité historique, j'avais résolu de combattre dans la même unité que mes ancêtres. Or, les Drew avaient embrassé la cause sudiste. Quelle serait la réaction de Bess et de George en apprenant la nouvelle ? Ne voudraient-elles pas que je me désolidarise de ce choix ?

Perdue dans mes réflexions, lorsque je sortis de la mairie, je ne pensai pas à retenir la double porte ; elle se rabattit derrière moi. Un homme qui grimpait quatre à quatre les marches du perron se précipita pour bloquer un battant, en me criant sans aménité :

– Non mais, dis donc, tu pourrais faire attention !

Je le dévisageai d'un air interdit. D'âge mûr, solidement bâti, atteint d'une légère calvitie, il portait un veston en tweed épais.

– Désolée, murmurai-je.

– Minute, fit-il en me scrutant. Tu es la fille de Carson Drew, n'est-ce pas ?

J'acquiesçai avec réticence. La plupart des gens considèrent que mon père est le meilleur avocat de la région – et ce n'est pas moi qui prétendrais le contraire ! Mais, lorsqu'on remporte de nombreux procès, il est fatal qu'on se fasse des ennemis… J'ai eu pas mal d'escarmouches avec des gens très remontés contre papa, alors j'ai appris à être méfiante !

– Je suis Arthur Jeffries, m'annonça-t-il avec arrogance.

Me voyant perplexe, il précisa :

– Jeffries Autorama.

J'avais vu, dans State Avenue, une énorme voiture à cette enseigne, ornée d'écussons géants, de fanions rutilants, équipée d'un haut-parleur qui diffusait une musique tonitruante.

– Oh, oui ! Le gros garage ! m'écriai-je.

– Tu sais sûrement que je dirige l'armée nordiste pendant la reconstitution, continua Arthur Jeffries.

Je hochai la tête. Mais, en réalité, il venait de m'apprendre son rôle.

– Un tas de participants ont déboulé en ville, et je n'ai pas le temps de les familiariser avec leur nouvel environnement, je suis débordé. Ton père m'a offert son aide, donc, je peux sans doute aussi faire appel à toi.

Là-dessus, il me désigna un homme qui se tenait près de lui, légèrement en retrait. Plus jeune, il avait des cheveux bruns un peu longs et une moustache impressionnante. Il m'adressa un large sourire, et je le trouvai tout de suite sympathique.

– Je te présente Todd Willetts, poursuivit Arthur Jeffries. Le capitaine de… comment déjà ?

– Du 8e de New York, une unité de volontaires, dit Todd.

– Oui, c'est ça. Bref, fit Jeffries qui franchissait le seuil, l'esprit déjà ailleurs, Mlle Drew va te conduire au « souk ». Je t'y rejoins tout à l'heure.

Et il disparut à l'intérieur.

– Monsieur n'a pas la grosse tête ! ironisa Todd Willetts, levant les yeux au ciel. Il est hors de question que tu te déranges pour moi, Nancy. Si tu veux bien m'indiquer la direction de River Street, je me débrouillerai…

– Je vous servirai de guide très volontiers, assurai-je, heureuse d'une diversion qui me permettait d'oublier ma récente découverte.

Les organisateurs avaient installé un grand marché de fournitures anciennes en vue de la reconstitution, et j'avais très envie de le voir !

Todd Willetts s'avéra un compagnon agréable, et je pris grand plaisir à l'accompagner au souk, situé dans le vieil entrepôt Mahoney, à quelques pâtés de maisons de là. Alors que nous marchions dans cette direction, je demandai :

– Quel est votre régiment, déjà ?

– Le 8e des Volontaires de New York, me dit-il – et il me sembla percevoir dans son intonation des inflexions traînantes typiques du parler du Sud. On est des fanas de la guerre de Sécession. On adore la rejouer en tenue d'époque. Mais attention : on porte le nom d'une unité qui a bel et bien existé. Au début, on collaborait aux reconstitutions des batailles auxquelles le véritable 8ᵉ des Volontaires a participé. On s'est pris au jeu et on s'enrôle maintenant dans toutes celles de la guerre civile. En fait, le 8ᵉ des Volontaires n'a pas combattu à Black Creek. Comme nous sommes rodés, nous avons voulu vous faire profiter de notre expérience. Ce sera plus authentique.

– Donc, vous êtes de New York ?

– Non, du Kentucky. La plupart d'entre nous viennent de la région de New York, mais ce n'est pas une obligation. Certains membres nous ont rejoints parce que sommes très actifs et que nous avons de beaux uniformes.

– Si je veux participer à ces combats, je suis libre de choisir mon camp, alors ? m'enquis-je avec espoir.

Je pourrais peut-être rester avec George et Bess, finalement !

– Bien sûr, me dit Todd. Par exemple, les descendants de ceux qui ont émigré aux États-Unis *après* la guerre de Sécession choisissent le régiment qui leur plaît. Pour ma part, je considère qu'on doit honorer le souvenir de ses ancêtres. Mon aïeul a combattu dans le 8ᵉ des Volontaires de l'époque, le vrai.

J'étouffai un soupir. Je pensais comme lui.

Nous atteignîmes bientôt le secteur de River Street. Ce quartier de notre ville était il y a peu plutôt décati. Une série de rénovations et l'ouverture de nouvelles boutiques ont changé sa physionomie ! Un massif entrepôt en briques rouges apparut bientôt devant nous. Des lettres à demi effacées étaient peintes sur le mur latéral : COMPAGNIE DES ENCLUMES MAHONEY.

– Mahoney, fit Todd. C'est le nom de la dame qui dirige la Société historique, n'est-ce pas ? J'ai remarqué son en-tête sur les lettres qu'elle nous a adressées.

– Oui. Dans le cadre de la célébration du soixante-quinzième anniversaire de la Société historique, Mme Mahoney soutient activement cette reconstitution. La famille de son mari possédait la fabrique d'enclumes – c'était l'employeur principal de River Heights –, alors elle a prêté à la ville cet entrepôt désaffecté pour les vendeurs de panoplies militaires.

Je m'étais toujours demandé à quoi ressemblait l'intérieur de cette antique bâtisse. Nous entrâmes, et je découvris un espace caverneux, aux murs croulants percés d'étroites fenêtres opacifiées par la poussière. Il était entièrement occupé par des stands, constitués d'éléments tubulaires tendus de toiles. Les vendeurs avaient suspendu des enseignes à leur nom et dressé des étals pour exposer leur marchandise. Les habitants de River Heights déambulaient dans les allées, regardant avec curiosité, et même avec stupéfaction, les articles peu ordinaires qui y étaient exhibés. Certains étaient de véritables antiquités, d'autres, des reproductions habiles. Tous se rattachaient, d'une façon ou d'une autre, à l'époque de la guerre de Sécession : les années 1860.

La diversité des objets en vente me surprit : argent confédéré, boucles de ceintures et boutons anciens, jeux de cartes et d'échecs, gourdes et couverts, bottes, couvertures, sacs à dos… Un marchand s'était spécialisé dans les uniformes bleus des soldats de l'Union – les Nordistes –, et un autre dans les uniformes gris des Confédérés – les Sudistes. La plupart des stands exposaient un éventail d'armes, allant du couteau qu'on glisse dans une botte au pesant canon monté sur roues.

– C'est à croire qu'on a remonté le temps ! m'exclamai-je avec ébahissement.

– Je ne te le fais pas dire, Nancy ! lança derrière moi une voix familière.

Je me retournai et vis Hannah Gruen, notre gouvernante, qui examinait la poignée sculptée d'un long sabre.

– J'imagine très bien Adolph Gruen, mon aïeul, dans un lieu de ce genre, ajouta-t-elle.

– Il a pris part à la guerre de Sécession ?

Hannah éclata de rire :

– Bonté divine ! Sûrement pas, Nancy ! Il se fichait du Nord et du Sud, il venait d'émigrer d'Allemagne. Mais c'était un commerçant avisé qui avait l'art de renifler les bonnes occasions. Il a réalisé d'excellents profits en vendant des armes aux deux camps.

– Des mousquets allemands ? glissa Todd. Ils étaient si lourds que les soldats peinaient à les soulever. Ce qu'il fallait avoir, c'était des fusils, leurs canons rayés permettaient un tir plus rectiligne. Après, vers la fin de la guerre, les armuriers ont sorti les premiers fusils à répétition : les soldats pouvaient tirer six coups d'affilée sans avoir à recharger.

Hannah écarquilla les yeux.

– Ma parole, s'écria-t-elle, ton ami est un puits de science, Nancy !

– Non, m'dame, répliqua Todd, amusé. Je ne suis qu'un passionné de la guerre de Sécession, et je participe à votre reconstitution. Je m'appelle Todd Willetts.

Hannah lui serra la main et l'invita à venir dîner chez nous. Elle est si chaleureuse et si généreuse qu'elle nourrirait le monde entier si elle pouvait ! C'est elle qui m'a pratiquement élevée depuis la mort de ma mère, et je l'adore.

Pendant que nous déambulions dans le souk, je remarquai que Todd saluait plusieurs vendeurs.

– Vous vous connaissez tous, on dirait, observai-je.

Il acquiesça !

– C'est un petit milieu, tu sais. Dès qu'une reconstitution a lieu quelque part, on se pointe, et les armuriers font pareil.

Baissant alors les yeux, je m'aperçus que je maniais machinalement de petits objets lisses et denses contenus dans une boîte en fer blanc : des balles. Je retirai ma main avec un frisson. En tant que détective, j'ai déjà été confrontée à des armes, et je n'aime pas ça ! Dès qu'une arme entre en jeu, rien ne va plus !

Todd observa d'un air rembruni :

– Pourquoi ce type vend-il des balles ? On n'en utilise jamais dans les reconstitutions ! C'est même la règle numéro un. Les participants tirent à blanc, et puis s'écroulent en feignant d'être touchés ou morts, comme des figurants de cinéma. Ainsi, personne ne court le risque d'être blessé.

Il leva les yeux pour lire l'enseigne, et lâcha :

– Armurerie Emory. J'aurais dû m'en douter !

Ce commentaire ne tomba pas dans l'oreille d'une sourde.

– Emory ? Qui est-ce ? m'empressai-je de demander.

– Oublie ma réaction, fit Todd en haussant les épaules. Je ne peux jurer de rien en ce qui concerne Nathan Emory.

S'il pensait s'en tirer ainsi, il se trompait !

– Mais encore ? insistai-je.

– On ne peut pas croire tout ce qu'on entend, soupira-t-il. Il y a une sacrée concurrence dans ce milieu, et il arrive que les armuriers calomnient leurs rivaux… Pour ce qui est de Nathan Emory… eh bien, sa marchandise ne correspond pas toujours à ce qu'il prétend. Il soutiendra que tel objet est une antiquité alors qu'il s'agit d'une reproduction, ou que telle arme est la copie précise du modèle que tu cherches alors que c'est faux. Quand un expert tel que lui affirme une chose, nous sommes portés à le croire. Si elle s'avère inexacte, nous passons pour des charlots, cela nuit à notre réputation. Les habitués des reconstitutions tiennent à faire preuve d'authenticité.

Me tournant face au stand, je repérai son propriétaire pour avoir une idée de son physique. Nathan Emory était un « quadra » de taille moyenne, aux cheveux châtains, avec une chemise à carreaux et un pantalon kaki : un type ordinaire qui passerait inaperçu dans une foule. Tiens, tiens ! Son client du moment n'était autre que... Arthur Jeffries. Il le baratinait comme un camelot :

– Cette reproduction est l'œuvre d'un véritable artiste ! Regardez le bois de cette crosse ! Superbe, n'est-ce pas ? Le Springfield est vraiment le meilleur fusil qui soit.

Jeffries soupesa l'arme entre ses mains et demanda :

– Combien ?

– 400 dollars. Mais je peux vous le céder à 375. Décidez-vous vite, il ne m'en reste que quelques-uns.

Alléché, comme s'il ne pouvait résister à l'attrait de ce modèle rare, Jeffries sortit une carte bancaire :

– Vous acceptez les cartes de crédit ?

– Bien sûr.

Emory enregistra l'achat en caisse, puis ajouta :

– Voici les formulaires à remplir pour votre autorisation de port d'armes. N'oubliez pas : ce permis ne devient effectif qu'après un délai de vingt-quatre heures, le temps que l'État interroge ses fichiers électroniques et s'assure que vous êtes fiable. Il faut éviter que les armes tombent en de mauvaises mains !

Comme j'allais m'éloigner du stand, je sentis qu'on me saisissait par derrière et fis brusquement volte-face. Je me trouvai nez à nez avec papa.

– Que tu es nerveuse ! s'exclama-t-il.

Il continua en s'inclinant pour me donner un petit baiser sur la joue :

– J'allais seulement t'embrasser. Que se passe-t-il ?

– Rien, papa… Toutes ces armes me mettent à cran, j'imagine.

– Considère-les comme des accessoires de théâtre. Cette reconstitution n'est qu'un jeu, tu sais.

Je lui fis part de ma découverte sur les frères Drew.

– Je suis au courant. J'ai téléphoné aux archives ce matin. Du coup, je me suis enrôlé dans le 67e régiment du Tennessee. Et maintenant j'ai besoin d'une arme pour tenir mon rôle.

Il suivit du regard le propriétaire d'Autorama, qui partait avec sa nouvelle acquisition, puis reprit :

– Ce qui est bon pour Jeffries le sera pour moi aussi.

Et il se tourna vers l'étal de Nathan Emory.

– Écoute, papa, commençai-je, je ne suis pas sûre que…

Je me retournai pour quêter le soutien de Todd, et m'aperçus alors qu'il avait disparu. J'hésitai : il me déplaisait de colporter les ragots sur le marchand d'armes, mais je ne voulais pas non plus que papa se fasse rouler !

– Art vient d'emporter un beau fusil, disait-il déjà à Emory. Puis-je voir le même ?

Nathan Emory marqua un temps d'arrêt, scrutant papa :

– Dans quel régiment combattez-vous ?

– 67^e^ du Tennessee.

Étais-je victime de mon imagination, ou Nathan se crispa-t-il réellement ?

– Dans ce cas, vous pouvez prendre un Springfield, en effet, lâcha-t-il d'un ton dégagé. C'est 450 dollars, à prendre ou à laisser.

Donnant un coup de coude à papa, je me hâtai de protester :

– Vous venez d'en vendre un à M. Jeffries pour 375 dollars !

– Euh… il avait droit à une ristourne spéciale, balbutia Nathan Emory en s'empourprant. D'ailleurs, ceci n'est pas la même arme. Je vous propose un modèle plus conforme à ce qu'utilisaient les Sudistes : un .577 Enfield de fabrication anglaise. Si vous n'êtes pas d'accord, je peux baisser le prix…

Je me sentis bouillir de colère. Je ne voulais pas que papa achète *quoi que ce soit* à cet emberlificoteur !

Je fus soulagée et contente de le voir secouer négativement la tête. Quant au regard furibond que me lança Nathan Emory alors que nous nous éloignions de son stand, je le captai parfaitement !

Nous avions à peine franchi quelques pas lorsque Art Jeffries nous arrêta.

– Carson, j'ai besoin de ton aide ! décréta-t-il de son air dictatorial. Les hôtels sont pleins, et…

– Excellente nouvelle, non ? le coupa papa. Tu avais vu juste : cette reconstitution est bénéfique pour le commerce local.

– Évidemment ! se rengorgea Art Jeffries, plus fat que jamais. Mais nous nous retrouvons maintenant avec une nuée de visiteurs qui n'ont aucun point de chute. Et nous avons besoin d'eux pour grossir les rangs confédérés. La plupart des habitants de River Heights se sont inscrits dans les régiments de l'Union. Tu as une grande villa. Pourrais-tu accueillir quelques Rebelles pour une nuit ou deux ?

– Pas de problème, répondit papa. D'autant que je fais moi-même partie des Confédérés.

– Ah ? T-tu es Sudiste ? s'exclama Jeffries, l'air choqué. Bon, eh bien, euh… OK. Je préviendrai Lisa Mandell, qui coordonne l'hébergement des troupes de la Confédération.

Il s'éloigna comme s'il avait hâte de nous fuir. « Non, mais qu'est-ce que c'est que cette manière de réagir ? » me demandai-je.

Une voix féminine que j'aurais reconnue entre mille clama non loin de nous :

– Bravo, monsieur Drew !

C'était Deirdre Shannon. Je la connais depuis toujours. En revanche, nous n'avons jamais été amies ! Pour une raison qui m'échappe, elle veut me concurrencer dans tout ce que j'entreprends. Elle se prend pour ma rivale, alors que moi, je me fiche bien de la surpasser !

– Je suis contente que quelqu'un ait l'honnêteté de défendre la cause du Sud, continua Deirdre.

« Cette hypocrite se targue d'intégrité ! C'est un comble ! » pensai-je. Et je lui lançai :

– Ne me dis pas que tu fais aussi partie des Sudistes !

– Bien sûr que si ! répliqua-t-elle. Mon aïeul était un Rebelle. N'empêche que tu as un problème, Nancy.

– Tiens donc ! Lequel ?

– À cause de la pénurie due à la guerre, les Confédérés manquaient de drap. Il leur a fallu recourir aussi à la teinture artisanale. Au lieu d'un uniforme bleu et gris, ils avaient fini par avoir des tenues entièrement grises. Certaines furent même coupées dans un tissu brunâtre coloré à l'extrait de noyer cendré. Quelle horreur, avec ta tignasse blond vénitien ! Avec mes cheveux noirs, en revanche, ce sera superbe ! Tu comptes louer un uniforme de quelle couleur ?

– Mystère ! fis-je avec une fausse décontraction. Je n'ai pas encore décidé si je combattrai pour le Nord ou pour le Sud, DeeDee.

Comme je m'y attendais, elle prit la mouche : son surnom d'enfance l'a toujours horripilée ! Lâchant un soupir exaspéré, elle s'éloigna d'un pas rageur. « Bien joué, Nancy ! » pensai-je.

Papa me lança d'un air vexé :

– Tu n'as pas décidé ? Qu'est-ce qui te prend ? Puisque les frères Drew faisaient partie des Confédérés…

– Je sais ! Mais j'aimerais être avec George et Bess. Et puis… le Nord voulait mettre fin à l'esclavage. C'était le bon camp !

– Ce n'est pas seulement l'abolition de l'esclavage qui était en cause, me dit-il en haussant les épaules. Dans l'armée de l'Union, neuf soldats sur dix ne se préoccupaient nullement de l'exploitation des Noirs ! Quant aux Sudistes, ils combattaient surtout pour conserver le droit de légiférer dans leurs États sans que les Fédérés s'en mêlent.

Franchement, je me demande pourquoi je «joute» avec papa ! Je suis battue d'avance, puisque c'est le meilleur avocat de River Heights !

Je protestai faiblement :

– Ce n'est pas ce que j'ai lu dans les livres d'histoire.

– Monsieur Drew ? fit soudain une voix proche.

Un homme plus âgé que mon père, assez costaud, avec des cheveux bouclés gris acier, venait de nous aborder, et se présenta :

– Marcus Hammond. Mme Mandell m'a indiqué que vous auriez une chambre à louer.

– Il n'y a pas de loyer qui tienne ! Nous vous accueillerons volontiers, déclara papa en lui serrant la main. Bienvenue à River Heights.

– Euh… je connais déjà la ville. J'ai habité ici il y a vingt-cinq ans, précisa Marcus Hammond – ajoutant avec un sourire intimidé : Ça a drôlement changé.

– N'est-ce pas ? Bonnes retrouvailles avec notre ville, alors.

Papa me présenta à notre nouveau pensionnaire, puis lui indiqua comment se rendre chez nous. À l'instant où il terminait ses explications, j'aperçus dans l'allée Todd Willetts. Je me hâtai de le héler en précisant à papa :

– Je l'ai rencontré tout à l'heure. Il participe à la reconstitution. Il a des infos sur l'armurier qui a voulu t'embobiner.

Machinalement, papa et Marcus Hammond se tournèrent vers Todd. Soudain, Hammond se pencha pour prendre le sac de marin qu'il avait posé à terre en nous rejoignant, et commença à s'éloigner :

– Je trouverai votre villa, soyez tranquille ! Pardonnez-moi, je suis pressé !

Là-dessus, il s'évanouit dans la foule tel un panache de fumée dissipé par un coup de vent.

– Une vraie flèche, lâcha papa. Drôle de type ! Alors, qui est cet ami dont tu me parlais ?

Todd venait justement de parvenir près de nous.

– Tu connais Martin Halstead, Nancy ? s'étonna-t-il.

Je répondis en fronçant les sourcils d'un air dérouté :

– Martin Halstead ? Ce nom ne me dit rien ! Si vous voulez parler du type qui vient de nous quitter, il s'appelle Marcus Hammond.

Todd eut un signe de tête négatif.

– C'est ce qu'il a prétendu ? Il ment ! Je suis sûr de ce que j'avance : il s'agit de Martin Halstead.

# 3. Premières escarmouches

L'affirmation catégorique de Todd Willetts me taraudait encore, lorsque je pris place dans la salle de conférences de la Société historique de River Heights. La réunion d'organisation du pique-nique se tenait dans l'antique demeure victorienne de River Street que la Société a rachetée et transformée en musée. Des vieilles dames y passent le plus clair de leur temps à arranger des présentoirs et à discourir avec passion sur l'histoire de notre ville.

À en juger par la foule rassemblée, presque tous les habitants de River Heights étaient présents ! Apparemment, grâce à la reconstitution, ils s'enthousiasmaient enfin pour notre passé.

M'inclinant vers Ned Nickerson, mon copain, assis à côté de moi, je murmurai :

– La Société historique fête royalement son soixante-quinzième anniversaire ! *A priori*, ce n'est pas l'endroit idéal pour un rendez-vous. Mais toi, tu es féru d'histoire…

Ned m'adressa l'un de ses sourires en coin qui me rendent toute chose. Il a des cheveux et des yeux bruns, des fossettes adorables. Et le plus fabuleux, c'est qu'il est totalement inconscient d'être beau gosse !

– Mme Mahoney doit être ravie de cette affluence, repris-je.

Agnès Mahoney, la présidente de la Société historique, est connue pour sa participation active dans plusieurs organismes caritatifs et son implication dans de nombreux projets municipaux.

– Tout à l'heure, elle était plutôt contrariée de voir tous ces gens piétiner le tapis persan du salon d'accueil. Mais elle s'en remettra ! me dit gaiement Ned. Elle adore être sous les feux de la rampe !

À cet instant, je repérai devant nous, à deux rangs de distance, une épaisse natte poivre et sel qui m'était familière. C'était celle d'Evaline Walters, l'ancienne bibliothécaire de River Heights. J'en ai passé, des samedis pluvieux dans la bibliothèque municipale, à explorer les rayons de livres en sa compagnie ! Aujourd'hui, elle a pris sa retraite. Mais je lui rends régulièrement visite.

Comme je me penchais en avant, prête à attirer son attention, elle leva les yeux vers une personne qui s'apprêtait à s'asseoir près d'elle. Son visage s'éclaira d'un plaisir inaccoutumé. Ça alors ! L'homme auquel elle réservait cet accueil était Marcus Hammond – celui qui occupait mes pensées !

J'en demeurai un instant saisie. Puis je chuchotai à Ned :

– Mme Walters connaît M. Hammond ?

– Votre nouveau pensionnaire ? D'après toi, il a vécu ici, non ? me souffla Ned. Il a forcément d'anciens amis en ville.

Là-dessus, il lança :

– Bonsoir, madame Walters !

Evaline se détourna, nous aperçut et nous décocha un grand sourire. En revanche, M. Hammond nous opposa une mine renfrognée qui me frappa. Était-il naturellement peu amène ? Ou avait-il de l'animosité à notre égard ?

– Ravie de vous voir ! lui jetai-je. Cela doit vous réjouir de retrouver River Heights ! Au fait, où habitez-vous, maintenant ?

C'était une entrée en matière importune, je l'admets. Mais l'approche directe est encore le meilleur moyen de satisfaire sa curiosité ! L'air agacé, Marcus Hammond me livra à contrecœur une réponse :

– À Postdam, dans l'État de New York.

– Ah ? Vous connaissez quelqu'un qui s'appelle Martin Halstead, là-bas ?

Il était diablement fort, croyez-moi ! Il ne cilla même pas ! Pourtant, l'expression fugitive qui passa dans son regard me révéla que j'avais fait mouche.

– Martin Halstead ? Ce nom n'évoque rien pour moi, prétendit-il. Mais je vis là-bas depuis un an ou deux seulement.

Là-dessus, il se retourna vers Evaline Walters et enchaîna à mi-voix, comme pour mieux signifier que je l'avais interrompu dans une conversation privée :

– Ainsi que je te l'expliquais l'autre jour, Evaline…

De toute évidence, il voulait m'empêcher de pousser mon « interrogatoire ». S'il s'imaginait que j'allais renoncer pour si peu, il se trompait lourdement ! Je continuai en élevant la voix :

– Un de mes amis vous a vu au souk cet après-midi, monsieur Hammond ! Il affirme que vous vous appelez Martin Halstead.

– Il doit me confondre avec un autre ! répondit-il sèchement, sans se retourner. Quelqu'un qui me ressemble, peut-être.

Gêné par mon insistance, Ned me décocha un coup de coude pour me mettre en garde. Je n'en tins pas compte :

– Mon ami s'appelle Todd Willetts. Ce nom vous évoque quelque chose ?

Cette fois, Hammond se tourna brièvement vers moi pour déclarer :

– Jamais entendu parler.

Je soufflai à Ned :

– L'ex copain d'Evaline ne m'a pas à la bonne !

– Son ex ? D'où sors-tu ça ?

Les garçons sont vraiment balourds, quelquefois !

– Observe-les, Ned ! Tu ne vois pas comme ils se penchent l'un vers l'autre ? Et la manière dont elle le regarde par en dessous ? Ils flirtent, c'est évident.

– Mais ils ont au moins soixante ans !

– Et alors ? On s'aime à tout âge ! m'esclaffai-je. Je me suis toujours demandé pourquoi Mme Walters ne s'est jamais mariée... Si ça se trouve, Marcus Hammond est son grand amour perdu.

– Qu'est-ce que c'est que ces niaiseries à

l'eau de rose ? me taquina Ned. Bess déteint sur toi, ma parole !

J'accusai le coup en l'entendant mentionner Bess. Il touchait à son insu un point sensible !

– Euh… je ne la vois pas tellement, en ce moment. En réalité, je l'évite. Je me demande comment elle réagira en apprenant que les Drew étaient Sudistes.

– Je ne vois pas où est le problème ! Qu'est-ce que ça peut faire ?

– Eh bien, elle et George descendent de Gabriel Marvin, le héros nordiste. Elles en sont très fières, en plus.

Je m'étais efforcée de ne pas manifester d'amertume en disant ça. L'expression de Ned me révéla que je n'y avais guère réussi ! Élevant les mains d'un air dépassé, il déclara :

– Ne cherche pas à m'impliquer, Nancy. Je refuse de prendre parti.

– Pourquoi ? Et tes ancêtres, alors ?

– Ils étaient quakers, m'apprit-il avec orgueil. Donc, ils étaient pacifistes, opposés à toute guerre. J'entends suivre leur exemple.

– Tu tournes la difficulté, hein ? observai-je avec amusement.

Pourtant, j'étais frustrée : nous ne serions pas au coude à coude sur le « champ de bataille ».

– À propos, ta décision est prise ? reprit Ned. Tu combats avec les Confédérés ?

– Sans Sudistes, la reconstitution n'aura pas lieu ! Alors, pourquoi n'en ferais-je pas partie ? Ce n'est qu'un jeu, prétendis-je, reprenant l'argument de papa. Comme au théâtre : il faut bien qu'un acteur joue l'assassin et un autre le détective.

– Tu oublies celui qui fait le mort en scène, sans bouger pendant toute la pièce, rigola Ned.

La voix d'Agnès Mahoney grésilla soudain dans le micro :

– Votre attention, s'il vous plaît !

La foule se calma. Une fois le silence établi, Mme Mahoney – très élégante en tailleur pêche – se lança dans une allocution sur le rôle de River Heights pendant la guerre de Sécession. Au cours des semaines écoulées, j'avais glané çà et là pas mal d'informations. Mais l'histoire dans son ensemble s'avéra fascinante.

Comme toutes les villes anciennes de notre région, River Heights était très éloignée des principales zones de combat. Pourtant, lorsque le conflit éclata, en 1861, des hommes de la contrée, très excités, commencèrent à s'entraîner aux manœuvres et à s'exercer au tir. Au début, ils n'étaient qu'une centaine. À mesure que les semaines passaient et que les événements se précisaient, ils se mirent à prendre position. Il devint vite évident qu'ils n'étaient pas unanimes dans le choix de leur camp, loin de là ! Ils finirent donc par se scinder en deux.

Cinquante ou soixante hommes partirent rejoindre le 7e Régiment de l'Illinois, de l'armée de l'Union ; et une douzaine d'autres s'enrôlèrent dans un régiment du Michigan, nordiste lui aussi. Mais une bande de trente à quarante soldats parcourut plusieurs kilomètres pour offrir ses services aux rebelles sudistes – les Confédérés. En 1864, par un effet du hasard, les trois unités se retrouvèrent confrontées lors de la bataille de Black Creek, en Virginie.

– La première fois que j'entendis parler de Black Creek, déclara Mme Mahoney, ce fut à propos de Josiah Mahoney, l'aïeul de mon défunt mari. Sa famille a toujours révéré ce héros, qui y a remporté une médaille pour actes de bravoure. À son entrée dans le 7e Régiment de l'Illinois, Josiah était un jeune homme de vingt-six ans…

– Josiah Mahoney n'a *jamais* fait partie du 7e de l'Illinois ! la coupa une voix nette et claire.

Il y eut un murmure dans l'assistance. Evaline Walters se leva, une liasse de feuillets à la main.

– Il n'existe aucune trace de cet engagement, annonça-t-elle. J'ai cependant ici la photocopie de ses papiers d'enrôlement dans le 69e Régiment de New York.

Un léger brouhaha parcourut la foule.

– Ce régiment, poursuivit Evaline Walters, était composé d'immigrants irlandais pauvres.

L'assistance l'écoutait avec tant d'attention qu'on aurait entendu une mouche voler.

– Ils venaient de débarquer dans le port de New York. Ils n'avaient ni travail ni logement. On leur promit la citoyenneté américaine s'ils combattaient dans les rangs de l'Union. Alors, ils s'engagèrent. À mesure du déroulement de la guerre, ce régiment se distingua d'une façon bien particulière : on y relevait le taux de désertion le plus élevé de toute l'armée nordiste.

Marquant un arrêt pour déglutir, Evaline Walters continua d'une voix qui commençait à trembler :

– Josiah Mahoney faisait en effet partie des forces en présence à Black Creek. Mais il ne resta pas avec ses camarades. Au cours de la nuit précédant l'affrontement, il déserta son camp. Le lendemain à l'aube, des recrues du 7e de l'Illinois le surprirent à voler du bacon. Ils lui flanquèrent un fusil entre les mains et le contraignirent à lutter dans leurs rangs.

Mme Mahoney agrippa le rebord du lutrin où était posé le texte de sa conférence. Je crus qu'elle allait s'évanouir.

– Mais... la médaille..., balbutia-t-elle.

– Il se peut que cette décoration soit authentique, convint Evaline Walters. En revanche, il ne figure nulle part qu'on l'ait accordée à Josiah Mahoney. Peut-être l'a-t-il prise sur le cadavre d'un soldat, mort pendant l'assaut.

Un silence de plomb s'était abattu sur l'assistance. Tout le monde avait le souffle coupé.

– Il est vrai, continua Evaline, que Josiah fut blessé à la jambe à Black Creek, et démobilisé. Mais je détiens la lettre d'un chirurgien de l'armée, qui affirme que Josiah se mutila lui-même pour ne plus avoir à combattre. Certes, il vint à River Heights avec d'autres soldats blessés : il avait peur de réintégrer son propre régiment ! Il s'établit ici, et la suite de l'histoire est connue de tous.

Comme elle se rasseyait, des murmures excités s'élevèrent et grossirent peu à peu.

– Comment a-t-elle déterré cette information, et pourquoi l'a-t-elle rendue publique ? chuchotai-je à Ned. Elle savait bien que cela humilierait Mme Mahoney !

– Je me le demande autant que toi ! Ça ne lui ressemble pas du tout, de susciter la bisbille.

S'efforçant de dominer le brouhaha – au milieu duquel je distinguais nettement la voix coléreuse d'Arthur Jeffries –, Mme Mahoney intervint de nouveau.

– Quoi qu'il en soit, nous sommes tous d'accord : le véritable héros des troupes combattantes de River Heights fut le colonel Gabriel Marvin, leur chef, déclara-t-elle, passant à la suite de son propos pour masquer sa gêne.

Je jetai un coup d'œil en direction de Bess et de George, debout contre une paroi latérale. Elles arboraient un large sourire.

À mesure que Mme Mahoney poursuivait son allocution, je réalisai que le colonel Gabriel Marvin était un personnage exceptionnel. Certes, Bess pouvait être fière d'être sa descendante. « Mais elle n'a quand même pas besoin de se pavaner ! » pensai-je avec irritation.

Dès la fin de la conférence, les gens se levèrent pour se masser par petits groupes et discuter du coup de théâtre de la soirée : il n'était pas courant qu'une Mahoney se fasse remettre à sa place ! Enjambant le rang de sièges devant moi, je rejoignis Evaline Walters.

– Eh bien, dites donc ! fis-je. Comment avez-vous déniché ces infos sur Josiah Mahoney ?

Elle rougit, l'air embarrassé.

– Oh, j'ai enquêté sur le Net. C'est fou ce qu'on peut trouver par ce moyen ! N'est-ce pas, Marcus ? En réalité, Nancy, c'est mon ami Marcus ici présent qui m'a montré la façon de procéder. Comme tu le sais sans doute, il a une entreprise de recherches généalogiques en ligne : www.votrehistoire.com.

– Le site que presque tout River Heights a utilisé ? fis-je, impressionnée.

Marcus Hammond marmonna en baissant les yeux, comme si l'attention dont il était l'objet le mettait mal à l'aise :

– C'est Evaline qui a effectué tout le travail. Je lui ai seulement indiqué où chercher.

« Tiens, tiens… », pensai-je. De toute évidence, Mme Walters avait rendu service à un vieil ami ! La révélation de la véritable histoire de Josiah était une formidable publicité pour votrehistoire.com. Mais valait-il la peine d'humilier Mme Mahoney pour cela ? Et pourquoi Marcus Hammond avait-il choisi de fouiner dans le passé de cette famille ?

Tant de gens s'agglutinaient autour de Mme Walters que je fus vite refoulée en arrière. Scrutant la foule, je vis Ned en grande conversation avec Bess et George. « Autant en profiter pour leur apprendre *ma* nouvelle », pensai-je.

En les abordant, j'entendis Bess qui disait :

– Nous avons toujours su que les Marvin étaient des leaders nés. Avant la guerre civile, ils avaient même fondé un village, Marvinville, dont Gabriel était devenu maire en quelques mois ! Quant au 7e de l'Illinois, c'était un sacré régiment. Nous avons remporté presque tous les combats que nous avons menés !

– Facile, quand on est armé de fusils Henry dernier cri, glissa Todd Willetts en avançant d'un pas pour participer à la conversation. De nombreux régiments de l'Illinois étaient financés par des gros bonnets de Chicago et, en plus, ils combattaient contre des gamins en haillons du Tennessee et de Virginie, équipés de vieux fusils. À ce stade de la guerre, c'est la logistique qui a fait la différence, pas l'habileté militaire.

Bess, dont les pommettes s'étaient empourprées, dévisagea Todd, puis souligna :

– La bravoure reste la bravoure !

– Je ne prétends pas que ton aïeul manquait de courage, concéda Todd. Cependant, la bataille de Black Creek a été particulièrement inégale. Non par le nombre – les forces en présence étaient équivalentes –, mais par l'équipement. Il est surprenant que les Confédérés aient si bien tenu le coup. Ça, oui, c'est de l'héroïsme !

Posant une main sur l'épaule de sa cousine, George glissa :

– Au fait, j'ai renoncé à tenir le rôle de Gabriel Marvin.

Tenter une diversion pour épargner Bess et désarmorcer une situation explosive, cela lui ressemblait bien ! Elle continua :

– J'ai déniché une personnalité intéressante : Callie McGee. Tu te rends compte ? Elle s'est déguisée en garçon pour combattre avec ses frères dans le 12$^{e}$ régiment du Michigan. Elle avait du cran, cette fille !

Personne ne l'écoutait ! Bess m'intima :

– Nancy, explique à ton copain qu'il dérape complètement !

– Désolée, lui dis-je, mais je ne me risquerai pas à discuter avec Todd. Il connaît son sujet sur le bout des doigts. Il a participé à de très nombreuses reconstitutions avec le 8$^{e}$ des Volontaires de New York.

– Il porte un uniforme *nordiste* et il se permet de parler comme ça ? s'échauffa Bess.

Todd haussa les épaules.

– Samedi, je ne porterai pas l'uniforme bleu des soldats de l'Union, précisa-t-il. J'ai accepté d'entrer dans un régiment *confédéré* parce que presque personne ne s'est inscrit chez les Sudistes.

– Comme Todd l'a observé, intervins-je, il y avait autant de soldats de chaque camp à Black Creek. Pourtant, sept cents habitants de River Heights se sont enrôlés dans les rangs nordistes contre soixante-huit seulement pour les sudistes. Cette reconstitution ne pourra pas avoir lieu, si on n'équilibre pas le rapport des forces !

J'aurais dû savoir qu'il ne fallait pas en remontrer à Bess en présence d'un garçon aussi mignon que Todd ! Je réalisai trop tard que je venais de l'humilier – un peu comme Evaline Walters avec Mme Mahoney.

Serrant les poings, elle me foudroya du regard :

– Alors, comme ça, Deirdre n'a pas menti ? Tu agis en traître et tu combats pour le Sud, Nancy ?

– Et alors ? répliquai-je, passablement échauffée moi aussi. Ce n'est qu'un jeu ! Si les frères Drew pensaient…

– N'importe quoi ! s'exclama Bess. Le Nord combattait pour la liberté, le Sud, pour l'esclavage ! Si tu es incapable de choisir la cause juste…

Ah, si je m'étais souvenue, à ce moment-là, des explications de papa ! Mais j'étais si furieuse que je ne pus m'empêcher de prendre mon amie à partie :

– De quel droit me dictes-tu le choix de mon camp ? George, fais-lui entendre raison !

George ne parut pas très à l'aise. Elle jeta un coup d'œil vers sa cousine, qui semblait prête à exploser, puis elle énonça avec lenteur :

– Désolée, Nancy. Sur ce point… je me range du côté de Bess.

# 4. Le ton monte !

Je dois admettre que je manquai de sang-froid, dans ces circonstances. Au lieu de calmer le jeu et de revenir sur la même longueur d'onde que mes amies, je ne trouvai rien de mieux à dire que :

– Très bien, Bess, si c'est ce que tu penses…

– Oui, c'est ce que je pense ! me coupa-t-elle.

Elle peut se montrer aussi têtue que moi, quelquefois ! Je haussai les épaules avec désinvolture. Je savais que c'était propre à attiser sa colère, mais c'était plus fort que moi !

– Dans ce cas, je m'engage aussi sec dans

l'armée sudiste, lâchai-je. Puisque de toute façon tu m'en veux à mort…

– Non, Nancy ! Écoute…, commença George.

– Laisse tomber ! Elle peut faire ce qui lui chante, trancha Bess avec un regard flamboyant.

Là-dessus, elle pivota sur ses talons et partit en trombe. J'imagine que j'étais aussi furieuse qu'elle ! Quoi qu'il en soit, ce fut cet éclat qui me décida : je traversai la salle pour m'approcher du bureau d'enregistrement et, séance tenante, inscrivis mon nom sur la liste des Confédérés.

Le lendemain, je m'éveillai plus tard que d'habitude. Je m'étais agitée pendant toute la nuit, honteuse de ma dispute avec mon amie. Au lever, je n'avais qu'une idée en tête : régler notre stupide différend. Décrochant le téléphone de ma table de chevet, j'enfonçai la touche d'appel rapide des Marvin.

Ce fut Maggie, la sœur cadette de Bess, qui décrocha. Elle reconnut ma voix aussitôt :

– Ooooh, Nancy, qu'est-ce que tu as encore fabriqué ? Bess m'a dit de répondre qu'elle était sortie si tu appelais.

– Sois sympa, Maggie, laisse-moi lui parler.

– J'peux pas.

– Mais pourquoi ?

– Parce qu'elle est vraiment sortie.

Maggie est capable d'être une véritable peste, quand elle veut !

– Bon, très bien, fis-je. Je rappellerai plus tard.

Elle me répondit d'une voix chantante :

– Bo-o-neu chan-ceu ! et raccrocha.

Je lâchai un soupir d'exaspération. Franchement, Bess poussait le bouchon un peu loin !

« Qu'à cela ne tienne ! Je vais régler ça avec George », pensai-je en appuyant sur la touche d'appel rapide des Fayne.

– Oui, résidence Fayne, répondit la voix flûtée de Scott, l'infernal petit frère de George.

– Salut, Scott. C'est Nancy. Je peux dire un mot à George ?

– Bien sûr.

Il posa brutalement le récepteur et brailla à tue-tête :

– Georgiaaaaaa !

Il adore la faire enrager en l'appelant par son vrai prénom, qu'elle abhorre. J'entendis un échange lointain de répliques, un bruit de pas. Puis la voix de George lança en arrière-fond :

– Dis-lui que je rappellerai.

– T'as qu'à lui dire toi-même ! répliqua Scott.

J'entendis qu'on reprenait le récepteur, et George déclara au bout du fil :

– Je ne peux pas te parler maintenant, Nancy, OK ?

Et elle coupa la communication. J'en restai comme deux ronds de flan. George m'avait raccroché au nez ! C'était inouï, tout de même ! Que Bess me batte froid, passe. Mais si George se mettait aussi de la partie…

Enfilant un jean et un T-shirt, je descendis à la cuisine. J'avais grand besoin d'un petit déjeuner et… des conseils d'Hannah !

Je la trouvai occupée à faire le va-et-vient entre le fourneau et l'évier, en chantonnant à mi-voix.

– Ah, te voilà ! Bonjour, ma chérie ! me lança-t-elle. Des crêpes, ça te tente ?

– Et comment !

– M. Hammond en a pris quatre ou cinq, m'apprit-elle d'un air ravi, car elle adore qu'on fasse preuve d'un solide appétit. C'est vraiment un homme charmant, d'une politesse exquise.

J'avais totalement oublié que nous hébergions Marcus Hammond ! La veille, en rentrant, j'étais trop en colère contre Bess et

George pour m'aviser que notre chambre d'amis était close – signe infaillible qu'elle est occupée.

Je me rappelais très bien, à présent, que j'avais un certain nombre de choses à demander à notre hôte. La raison pour laquelle il avait changé de nom, pour commencer !

– Il est encore ici ? m'enquis-je.

– Non, il avait à faire. Il a accompagné ton père pour louer des uniformes en vue de la reconstitution.

– Je me suis inscrite hier. Mais il se pourrait bien que je change de camp, annonçai-je.

– Pourquoi ?

– Bess et George auraient préféré que je combatte avec les Nordistes.

– Et alors ? Depuis quand te dictent-elles ta conduite ? répliqua Hannah, campant ses poings sur ses hanches. D'habitude, vous restez indépendantes.

– D'habitude, oui. Mais Bess est très remontée. En réalité… on s'est disputées.

Hannah retourna la crêpe en train de dorer dans la poêle, puis observa :

– Il paraît que la soirée d'hier a été très animée… Sois tranquille, les esprits échauffés ne tarderont pas à s'apaiser !

– Je viens de téléphoner à Bess pour m'excuser, mais elle a fait répondre par Maggie qu'elle était sortie ! Et, comme si ça ne suffisait pas, George m'a raccroché au nez ! explosai-je.

– Voyons, Nancy, ne te mets pas dans cet état ! Quand Bess sera calmée, elle te rappellera, plaida Hannah. Si tu accordes trop d'importance à cette histoire, elle prendra des proportions démesurées ! Et ce n'est pas ce que tu cherches.

– J'étais prête à m'excuser, et pourtant c'est elle qui a tort !

Hannah haussa les épaules :

– Ne cherche pas à savoir qui a tort ou qui a raison. Si tu agis comme s'il ne s'était rien passé, Bess fera de même.

– Mais George…

– Tu ne dois pas t'en prendre à George parce qu'elle est solidaire de sa famille. Elle ne peut pas réagir autrement. Allons, avale plutôt quelques bonnes crêpes, tu te sentiras mieux !

Les conseils avisés d'Hannah me soulagèrent. J'étais même plutôt requinquée, un instant plus tard, lorsque je pris le volant de ma voiture pour gagner le centre-ville.

Je fis d'abord halte au « quartier général » provisoire de l'armée confédérée : quelques personnes patientaient à l'entrée du bureau ;

d'autres en sortaient lestées de vêtements emballés dans des sacs en plastique.

Quelle déveine ! Deirdre Shannon était au bout de la file d'attente !

– Alors, Nancy, gris ou maronnasse ? me lança-t-elle d'un air railleur.

– Gris, j'imagine.

– Il y a des pantalons gris avec une bande rouge le long de la jambe, continua-t-elle. C'est plus classe et ça mincit, je trouve. Et j'ai vu quelqu'un avec une vareuse galonnée au bas des manches. J'espère en avoir une !

Aussi agacé que moi, l'homme qui la précédait observa :

– Ils louent des tenues standard : vareuse grise à col officier, ceinturon en cuir et pantalon gris. Si tu veux un uniforme de gala, va au souk !

Sans prendre garde à son ton moqueur, Deirdre s'enquit :

– Et les chapeaux, ils sont comment ? J'espère qu'ils en ont à large bord, pas ces horribles petits machins plats.

– Ça s'appelle un *képi*, souligna l'homme.

– C'est ça, le genre de truc qui vous plaque les cheveux sur la tête, maugréa Deirdre. Pff !

Je me détournai, prête à fuir son exaspérante compagnie, et découvris avec plaisir que

Charlie Adams venait vers moi. Charlie est le dépanneur miracle d'un garage de River Heights, et je le connais bien – un peu trop bien, même ! Le réservoir de ma voiture se vide si lentement que je néglige de vérifier la jauge. Mais Charlie est adorable : il ne me fait même plus payer ses déplacements lorsque je tombe en panne d'essence. Bess affirme qu'il a le béguin pour moi. N'importe quoi !

– Tu viens t'enrôler, Charlie ? lui demandai-je.

Il s'immobilisa sur le trottoir pour bavarder :

– Non, je conduis une pelleteuse.

– Une pelleteuse ? m'étonnai-je. Il y en avait, pendant la guerre de Sécession ?

– Non ! Je ne la conduis pas *pendant* la bataille, mais *avant*. Je dirige les équipes d'aménagement de Riverside Park, m'expliqua-t-il. Nous remodelons le terrain pour lui donner l'aspect de Black Creek : nous détournons un ruisseau, édifions plusieurs remblais pour installer les canons, et creusons la cuvette où se sont déroulés les féroces combats au corps à corps.

Il eut un large sourire et ajouta :

– On fabrique même d'énormes crêtes rocheuses en carton pâte et ciment pour que les tireurs d'élite se mettent à l'affût derrière !

– Oh, c'est vrai, j'ai lu un article là-dessus ! Le comité a engagé un spécialiste de la guerre de Sécession pour que ce soit authentique.

J'étais maintenant parvenue à la porte du quartier général ; je dis au revoir à Charlie, puis j'entrai. Une fois accoutumée à la pénombre ambiante, j'eus la surprise de découvrir, à une table proche du bureau des uniformes, Nathan Emory, l'armurier. Il « officiait » devant un amoncellement de fusils. Et qui discutait avec lui ? Pam Mattei, la rouquine chargée des effets pyrotechniques ! Celle que j'avais vue la veille avec Harold Safer. Penchée vers lui, une main masquant sa bouche, elle lui murmurait quelque chose en survolant l'assistance du regard. J'eus un drôle de frisson – signe infaillible, chez moi, qu'il y avait lieu d'être en alerte…

L'homme qui me précédait dans la file souffla à son voisin :

– C'est pratique de pouvoir acheter des armes ici. Ça nous évite d'aller au souk.

– Je me demande en quel honneur cet armurier a obtenu l'exclusivité, glissai-je.

Je me remémorai soudain l'instant où Nathan Emory avait accordé à Art Jeffries un rabais notable sur l'arme qu'il lui avait vendue : c'était un pot-de-vin, et j'en devinais maintenant la raison !

Comme à point nommé, Art Jeffries entra, l'air pénétré de son importance, et blagua de sa voix tonitruante :

– Mission de reconnaissance dans le camp ennemi !

Mme Mahoney, occupée à examiner des documents avec un organisateur, leva les yeux vers lui et dit avec gentillesse :

– Ah ! Art, je suis contente de vous voir. J'aurais besoin qu'on fasse une course pour moi avant la réunion sur le piqu…

– J'ai l'air d'un garçon de courses, peut-être ? la coupa-t-il.

– Pardon ? fit-elle, déconcertée.

– J'ai assez d'occupations comme ça ! Je ne suis pas votre larbin.

Redressant avec dignité sa frêle silhouette, elle commença :

– En tant que présidente de la Société historique…

– Allez donc dire ça à Josiah Mahoney ! Enfin, s'il n'a pas encore pris la poudre d'escampette ! ricana Jeffries.

« Mais qu'est-ce qu'ils ont tous, à la fin ? » me demandai-je. Était-ce cette fichue reconstitution qui dressait les habitants de River Heights les uns contre les autres ? Si ça continuait, on allait redéclarer la guerre !

Jeffries continua d'un ton de plus en plus belliqueux :

– Vous avez peut-être l'habitude de tout régenter, madame Mahoney, mais enfoncez-vous bien dans le crâne que nous avons accompli un sacré boulot, mes gars et moi, et que nous n'avons pas d'ordres à recevoir de vous !

– Mais... c'est moi qui ai eu l'idée de cette reconstitution ! s'exclama Mme Mahoney.

– Eh bien, tant pis ! Occupez-vous à votre aise de votre pique-nique gentillet, mais, pour ce qui est des plans de bataille, laissez-les aux hommes !

Il se pencha vers elle et acheva en lui soufflant dans la figure :

– Sinon, *gare* !

Décidément, pensais-je cet après-midi-là, pendant la deuxième réunion consacrée au futur pique-nique, Art Jeffries était un sale type ! Antipathique au possible !

C'était une de ces réunions qui semblent s'éterniser à n'en plus finir, et j'aurais bien aimé que George et Bess soient là... Que faisaient-elles de leur côté ? Elles avaient dû sentir, ma parole, que cette rencontre serait à périr d'ennui !

Pam Mattei était en train d'expliquer :

– ... et, donc, nos fusées seront installées sur des plates-formes flottantes, à quelque distance de la rive du fleuve. Mais... où prendrons-nous le courant électrique pour les dispositifs de mise à feu ?

Harold Safer précisa d'un air interloqué :

– Votre concepteur d'effets spéciaux m'a spécifié que vous auriez un groupe électrogène sur place.

Pam consulta le dossier posé devant elle, tournant un ou deux feuillets :

– Oh, oui, c'est juste.

Je réprimai un soupir exaspéré. Que fichait cette femme chez un artificier, si elle ne connaissait pas le fonctionnement d'un dispositif pyrotechnique ? Je jetai un coup d'œil vers la porte d'entrée, espérant voir arriver Mme Mahoney.

Où pouvait-elle se trouver ? me demandai-je avec un malaise croissant. Cela ne lui ressemblait pas d'être en retard, surtout lorsqu'elle menait le jeu !

Je perçus une sonnerie de téléphone dans le hall. Un instant plus tard, la femme qui avait pris l'appel ouvrit la porte de la salle et fit d'un air alarmé :

– Harold ?

Il leva les yeux, vit son expression et demanda en changeant de couleur :

– Oui, Martha, il y a un problème ?

Elle répondit en balbutiant :

– Ce… c'était l'hôpital. Agnès Mahoney… il y a eu un accident de voiture !

# 5. Suspects

Lorsque j'arrivai à l'hôpital général de River Heights, plusieurs officiels étaient déjà massés dans le couloir, devant la chambre de Mme Mahoney. L'un d'eux était le chef McGinnis, qui dirige la police de River Heights.

– Nancy, tu as une piste ? s'enquit-il d'un ton bourru.

– Une piste ?

Il me murmura :

– L'accident de voiture de Mme Mahoney… n'en était pas un.

Je réprimai un haut-le-corps – saisie par la facilité avec laquelle notre chef de la police révélait cette information, et par l'énormité de la nouvelle.

– Mes hommes se sont rendus sur les lieux et ont examiné son véhicule, continua-t-il.

– On l'a trafiqué ? soufflai-je.

– Oui. Les plaquettes de frein étaient desserrées.

– Mais, enfin, qui pourrait vouloir du mal à Mme Mahoney ?

À l'instant même où j'énonçais cette interrogation, des réponses affluèrent dans mon esprit. Art Jeffries ne s'était-il pas plaint, la veille, de la façon dont Mme Mahoney « régentait » River Heights ? Et Marcus Hammond n'avait-il pas semblé plus que satisfait lorsque la vérité sur Josiah Mahoney avait éclaté au grand jour ? Oui, il ne manquait pas de gens susceptibles de nuire à Agnès Mahoney…

Mais *qui* avait assez de rancune à son égard pour passer à l'acte ? Telle était la véritable question !

Un instant plus tard, j'entrais à mon tour dans la chambre de Mme Mahoney. Redressée sur son lit, elle semblait fatiguée mais lucide. Elle avait coiffé ses cheveux gris de façon à dissimuler en grande partie le pansement qui lui enveloppait le front.

– Selon les médecins, je n'ai qu'un traumatisme léger, dit-elle de sa voix frêle mais gaie. Avec un peu de chance, je serai sortie pour le pique-nique de demain soir.

– Holà, pas de précipitation ! intervint l'infirmière qui s'attardait dans la chambre. Nous allons vous garder en observation pendant vingt-quatre heures avant de prendre une décision.

Mme Mahoney eut un geste impérial. Visiblement, aucun médecin ne l'empêcherait de présider son gala ! Elle a coutume d'obtenir ce qu'elle veut, de toute façon.

Je lui demandai avec circonspection, car je ne voulais pas l'effrayer :

– Madame Mahoney... quand vous avez démarré, avez-vous constaté un problème mécanique ?

– Pas le moindre ! Ma voiture sortait de révision ! J'étais passée la prendre le matin même. Elle était en parfait état de marche.

*Parfait*... pas tant que ça, de toute évidence !

– Quel est votre garage ? lui demandai-je.

– Autorama.

« Aïe ! Alerte rouge », pensai-je. Et je me fis préciser :

– Celui d'Art Jeffries ?

– Oui. Ils ont un excellent mécanicien. Un petit jeune homme qui s'appelle Mac. Et puis, Art me fait toujours un prix.

« Ça, je veux bien le croire ! » pensai-je.

– Et c'est après être sortie de chez eux que vous avez eu l'accident ?

– Nancy, j'ai déjà tout expliqué à la police. J'avais un certain nombre de courses à faire avant la réunion. Je suis passée à la laverie, au souk et à la boulangerie.

Elle ajouta avec un soupir :

– Il y avait une douzaine de superbes quatre-quarts bien moelleux sur mon siège arrière. Ils sont fichus, maintenant, j'imagine… Quant au tailleur que j'ai retiré chez le teinturier, j'aime autant ne pas imaginer son état !

Je me moquais de ses quatre-quarts, moi ! Mon souci, c'était son passage au garage de Jeffries !

La police menait une enquête, soit. Mais un citoyen ordinaire obtient parfois plus d'informations qu'un policier en uniforme… surtout lorsque le « citoyen » en question est une adolescente faussement naïve qui sait conduire un interrogatoire !

Dès que je quittai l'hôpital, je me rendis chez Jeffries Autorama.

Je trouvai, sur la plate-forme centrale du garage, un blond costaud dont la combinaison grise était brodée au nom de « Mac ».

– Salut, Mac ! fis-je. C'est bien toi qui as

révisé la voiture de Mme Mahoney, ce matin ? Elle l'avait amenée pour quoi ?

Il répondit en haussant les épaules :

– Renouvellement d'huile, mise au point, entretien général… Le truc classique.

« Ah, si Bess était là ! pensai-je. L'expert en mécanique, c'est elle ! » Je me rappelai la raison de son absence et, mal à l'aise, je m'empressai de refouler cette pensée. Je continuai :

– Est-ce qu'il fallait changer les plaquettes ?

– Non, dit Mac, qui essuyait une pièce à l'aide d'un chiffon taché de cambouis. Mais je les ai vérifiées quand même. Tout était OK.

– Et personne d'autre n'est passé derrière toi ?

– Non. J'ai personnellement remis la voiture à Mme Mahoney, et je l'ai regardée partir à onze heures et demie. Elle aime avoir son petit rituel. Elle m'apporte toujours une boîte de friandises alors que je n'en mange pas.

Là-dessus, Mac sourit, faisant naître des fossettes craquantes, comme celles de Ned.

– J'aime bien cette vieille dame, ajouta-t-il. Elle est très prudente, elle conduit comme il faut. Elle ne fait pas d'excès de vitesse, elle ne fatigue pas le moteur, elle ne grille jamais un feu… Sa Cadillac a beau avoir dix ans d'âge, elle est en parfait état.

Je réalisai soudain que j'avais devancé la police : Mac n'était pas au courant de l'accident ! Je n'avais pas très envie de lui apprendre la mauvaise nouvelle... Lorsque je lui racontai ce qui s'était produit, les larmes lui montèrent aux yeux. Je ne tardai pourtant pas à réaliser qu'il se tracassait surtout pour la voiture !

– Il y a de la casse ? s'inquiéta-t-il. De la tôle à refaire ?

À l'instant même, la dépanneuse d'Autorama arriva sur place et se gara non loin de nous. Une grande Cadillac bleue se trouvait sur le pont. Mac l'aperçut et gémit :

– Je n'ose pas regarder !

Je sus alors qu'il aurait été incapable de trafiquer la voiture de Mme Mahoney.

Puisque j'avais quelques coudées d'avance sur la police, pourquoi ne pas en profiter ? Je rendis donc visite à la boulangerie Rosslyn et à la teinturerie Martell. Cette vérification les mit hors de cause. Dans l'une et l'autre boutique, des employés me confirmèrent que Mme Mahoney s'était arrêtée peu de temps – trop brièvement pour que quiconque ait eu le loisir de saboter l'impeccable travail de Mac. La jeune fille de chez Rosslyn fut si bouleversée par l'accident qu'elle proposa d'envoyer à Mme Mahoney une douzaine de quatre-quarts fraîchement sortis du four. Pour ma part, je m'offris un moelleux au chocolat – dans le cadre de l'enquête, bien sûr ! (Hum !)

Je m'en pourléchais encore les babines lorsque je parvins à ma dernière destination : le souk des armuriers, dans l'ancien entrepôt d'enclumes. Je dénichai un créneau libre sur le parking attenant – un terrain gravillonné – qui était presque plein. De toute évidence, les affaires allaient bon train...

Je descendis de voiture, verrouillai la portière et m'approchai du préposé au parking : un jeune lycéen assis sur un moellon. Il avait rabattu sa veste sur sa tête pour se protéger de la pluie fine qui commençait à tomber.

– As-tu vu une vieille dame en Cadillac bleue, aux alentours de midi et demie ? lui demandai-je.

– Mme Mahoney ? fit-il aussitôt. Bien sûr. Je la remarque toujours quand elle vient. Elle est très gentille, elle donne de bons pourboires.

Saisissant l'allusion, je sortis quelques dollars de mon porte-monnaie et les lui tendis en continuant :

– Et... tu as remarqué si quelqu'un traînait du côté de sa voiture, pendant qu'elle faisait ses achats à l'intérieur ?

Il répondit en fourrant les billets dans la poche de son jean :

– C'est drôle que tu me poses cette question. Il y avait un type qui rôdait dans le parking. Il a dû se faufiler derrière moi lorsque j'ai pris mon casse-croûte. Il était accroupi là-bas derrière.

Il désigna d'un geste vague le secteur nord-est, en précisant :

– Près de la Cadillac de Mme Mahoney, justement.

Je sentis mon pouls s'accélérer :

– Il ressemblait à quoi ?

– C'était un type assez âgé. Avec des cheveux gris et des lunettes.

« Comme Marcus Hammond », pensai-je.

– Avait-il les cheveux bouclés, par hasard ? m'enquis-je.

– Ben, oui. En fait, je suis allé le trouver pour lui demander ce qu'il fichait là. Il a répondu qu'il admirait la Cadillac, et puis il est parti.

Tout en gagnant l'entrée, sous la pluie, je réfléchis à ce que je venais d'apprendre. Je ne savais presque rien sur Marcus Hammond, et j'ignorais pour quelle raison il aurait pu vouloir nuire à Mme Mahoney. Mais il y avait sûrement, à l'intérieur du souk, des gens qui pourraient m'en donner une idée !

À ma grande surprise, je tombai sur Marcus Hammond en personne dans la première allée où je m'engageai. Il examinait des insignes confédérés.

– Bonjour, mademoiselle Drew ! me lança-t-il. Je cherche de quoi décorer mon uniforme du 4e Régiment du Mississipi.

Comment l'interroger sans laisser transparaître mes soupçons ? Je tentai une approche décontractée :

– Où étiez-vous passé, ce matin ? Hannah prétend que vous êtes allé louer des uniformes avec papa.

– Effectivement. Je traîne ici depuis dix heures et demie, onze heures. J'ai rencontré des tas de gens qui ont eu recours à votrehistoire.com. C'est marrant. Je regrette de ne pas avoir loué un stand. J'aurais pu faire encore des affaires.

– Vous n'avez même pas déjeuné ?

– Je me suis contenté d'un sandwich. Mais je suis sorti un petit moment sur le parking.

– Ah ? fis-je, réfléchissant à toute vitesse.

S'il était coupable, pourquoi aurait-il admis de lui-même qu'il s'était rendu sur le parking ?

– Oui. J'ai jeté un coup d'œil sur la marchandise d'Emory, qui avait improvisé un étal dans le coffre de sa voiture.

– Vous connaissez Nathan Emory ?

– Tout le monde le connaît.

– Et il vendait quoi ?

– Des médailles anciennes, de l'argent... des articles sans grande valeur.

Il fouilla dans sa poche pour en tirer quelques coupures chiffonnées, imprimées de motifs chantournés bleu et moutarde, qu'il me montra :

– Ce ne sont pas de vrais billets confédérés, juste des copies. Puisque tu vas jouer un soldat sudiste, me suis-je dit, autant en être un qui a de l'argent en poche !

– Bonne idée ! Vous avez remarqué une grande Cadillac bleu foncé ?

Il hocha la tête.

– Un vrai bijou. Je l'ai admirée en revenant. Pourquoi ?

– Oh, pour rien.

Il plissa les yeux, changeant soudain de sujet :

– Mon amie Evaline dit que tu es détective amateur. Et excellente, avec ça.

Ainsi, il avait compris que je fouinais ! Je n'en tirerais pas grand-chose de plus, c'était clair.

– Oh, il m'arrive de faire des enquêtes... quand il s'en présente, lâchai-je avec un haussement d'épaules. Bon, au revoir. Et bonne pêche !

– On se reverra chez toi ! me lança-t-il comme je m'éloignais. Mais je rentrerai tard, je dîne avec Evaline.

Désireuse de vérifier sa version des faits, je me rendis au stand de Nathan Emory.

– Comment vont les affaires ? lançai-je en guise d'introduction.

– Y'a pas à se plaindre, grommela-t-il.

Visiblement, il se souvenait de moi et n'était pas enchanté de me voir.

– Marcus Hammond dit que vous avez vendu des articles sur le parking, repris-je.

Parfois, le meilleur moyen d'obtenir des informations est de mettre les pieds dans le plat !

– Hammond ? Connais pas, fit-il en hochant la tête.

– Et Martin Halstead ?

Il demeura un instant interdit, puis hocha la tête.

– Il voulait voir mes balles Minié. Pourquoi ? Tu en veux ?

– Non, pas aujourd'hui, merci. Pour quelle raison les vendiez-vous dans votre voiture ?

– Les organisateurs m'ont interdit de les mettre à l'étalage. Quelqu'un a mouchardé – Todd Willetts, je crois.

Il me dévisagea d'un air dur et demanda :

– Tu es une amie de Willetts ?

– Pas vraiment. Je viens juste de faire sa connaissance, biaisai-je. Merci de m'avoir accordé un peu de votre temps.

Je m'éloignai en réfléchissant activement. Marcus Hammond avait maintenant un alibi expliquant sa présence sur le parking – si toutefois l'alibi fourni par un témoin aussi peu fiable que Nathan Emory avait la moindre valeur ! En revanche, rien ne prouvait que Marcus Hammond n'avait pas trafiqué la voiture de Mme Mahoney…

Dehors, la pluie s'était arrêtée. Sur le parking, un pardessus sport à carreaux capta mon regard : j'avais vu le même, la veille, sur Art Jeffries. Ma curiosité en éveil, je descendis la rue, traversant un peu plus bas pour éviter de me faire remarquer. Je pus identifier Art Jeffries, en effet. Il discutait avec une petite femme, dont j'aurais reconnu entre mille la coiffure rousse : Pam Mattei. Décidément, elle connaissait tout le monde !

À cet instant précis, le soleil déclinant perça à travers les nuages. J'entrevis une sorte d'éclair métallique entre les deux discoureurs – tel qu'aurait pu le provoquer un objet en métal passant de l'un à l'autre. Que faisaient-ils donc ?

Alors que j'atteignais l'autre trottoir, Pam Mattei s'engouffra brusquement dans une voiture. Je hâtai le pas. Sans doute y avait-il urgence, car elle fit marche arrière dès qu'elle eut mis le contact, déboîta du créneau et démarra à toute vitesse, faisant jaillir des gravillons. Ils crépitèrent désagréablement contre mes chevilles au moment où, ayant accéléré l'allure, je déboulais sur le parking au pas de course.

Je fis aussitôt volte-face et me précipitai vers Jeffries qui montait dans son propre véhicule. Je parvins près de lui juste à temps pour l'empêcher de claquer sa portière :

– J'ai des questions à vous poser, monsieur Jeffries !

– Je suis pressé, ma petite, répliqua-t-il en mettant son moteur en route. Mme Mahoney est hors circuit, alors je dois tout diriger. J'ai du pain sur la planche !

– C'est d'elle que je veux vous parler. Sa voiture venait de subir une révision dans votre garage. Alors je me demande ce qui a causé l'accident.

– Chercherais-tu à m'accuser, par hasard ? aboya-t-il. De quel droit ? J'ai déjà tout expliqué à la police.

– S'il vous plaît, ne vous énervez pas. Je

cherche seulement à recueillir des informations. Cela ne vous engage à rien de me di…

Faisant la sourde oreille, il appuya sur l'accélérateur. Son véhicule fit un bond en avant. Je voulus me cramponner à la portière entrouverte ; mais, déstabilisée, je m'étalai par terre. Jeffrey dut piler pour ne pas m'écraser.

Comme j'avais la tête au ras du sol, je vis glisser, de sous le siège du conducteur, une clé anglaise couverte de cambouis. Je la fixai, éberluée par ce coup de veine aussi révélateur qu'inattendu.

Voyant mon expression alors que je commençais à me redresser, Art Jeffries regarda entre ses pieds, aperçut l'outil – et la peur se peignit sur son visage.

# 6. Menace dans la nuit

– D'où sort ce fichu outil, bon sang? grommela-t-il.

J'enfonçai le clou :

– De votre voiture ! Je tiens à examiner ça de plus près.

Jeffries coupa son moteur, et je sortis un mouchoir de mon sac pour saisir l'objet : je ne voulais ni effacer ni brouiller les empreintes qu'il était susceptible de porter. D'autant qu'il était graisseux.

« Ah, si Bess était là ! » pensai-je une fois de plus. Elle aurait su d'emblée si cette clé avait pu servir à trafiquer les plaquettes de frein de Mme Mahoney !

Essayant de me rappeler la façon dont elle procédait, je tâtai du bout du doigt le film gras qui recouvrait l'outil. Il était mince et fluide – pas du tout épais comme de l'huile de moteur.

– C'est du liquide de frein, pas de doute, bluffai-je.

Jeffries me crut et soupira :

– Quelqu'un a dû flanquer ça là-dessous. Il doit y être depuis un moment. J'avais garé ma voiture en laissant la vitre baissée.

Je m'empressai de téléphoner au chef McGinnis. Cela fait partie de nos accords tacites : je transmets à la police tous les éléments de preuve qu'il m'arrive de dénicher et, en échange, le chef ne me mène pas la vie trop dure pendant mes enquêtes. Une voiture de police arriva sur les lieux en un temps record. « Il s'agit donc d'une affaire importante ! » pensai-je.

Lorsque j'arrivai chez moi un moment plus tard, j'étais obsédée par la vision du visage d'Art Jeffries, que les agents embarquaient au poste. Il semblait en colère, humilié, mais ni honteux ni coupable. Certes, ce type avait tout de la brute mal dégrossie. Était-il pour autant un saboteur criminel ? Ma conscience me taraudait...

Le silence régnait, lorsque j'entrai. Après

avoir tendu l'oreille et n'avoir perçu aucun bruit, je me faufilai à l'étage sur la pointe des pieds, jusqu'à la chambre d'amis. Marcus Hammond devait rentrer tard, à l'en croire. J'avais donc l'occasion de fouiner un peu... Peut-être n'avait-il rien à voir avec le sabotage de la voiture de Mme Mahoney. N'empêche : je me posais tout de même pas mal de questions à son sujet, et j'aurais aimé avoir quelques réponses !

La chambre d'amis m'était familière, vous vous en doutez. Pourtant, elle me fit l'effet d'un lieu inconnu. Une valise noire à fermeture Eclair était posée sur la commode en cèdre ; un coupe-vent sombre pendait au dossier d'une chaise, sous laquelle était glissée une paire de bottines. Un roman policier, qui aurait pu être acheté dans n'importe quel kiosque d'aéroport traînait sur la table de chevet.

En général, je ne me gêne pas pour examiner les affaires d'autrui, dans le cadre d'une investigation. Mais, là, je me sentais mal à l'aise. Après tout, M. Hammond était notre hôte ! J'étais censée respecter son intimité. Or, j'ouvrais sa valise pour la fouiller, au contraire !

La première chose qui me frappa, ce fut le caractère passe-partout, banal, des vêtements qu'il portait. En coton ordinaire, de style traditionnel, avec des étiquettes de fabricants anonymes, ils avaient l'air neufs, comme s'ils sortaient tout droit d'une boutique. Certains portaient encore un prix ! J'en fouillai les poches dans l'espoir d'y dénicher quelque document intéressant, mais je fis chou blanc. J'examinai l'étiquette accrochée à l'extérieur de la valise, pour voir quel nom y était indiqué : Marcus Hammond ou Martin Halstead. Elle était vierge. Il n'y avait pas non plus d'autocollants apposés par un aéroport, qui auraient pu me révéler les endroits où notre hôte s'était récemment rendu.

Je passai dans la salle de bains pour voir s'il y avait, dans ses affaires de toilette, des médicaments accompagnés d'une ordonnance à son nom. Je ne trouvai que du dentifrice et une brosse à dents, un rasoir jetable, une crème à raser et un déodorant : rien de révélateur !

À cet instant, j'entendis claquer la porte du rez-de-chaussée, et la voix d'Hannah lança dans l'escalier :

– Nancy ? Je suis rentrée !

M'emparant prestement de la brosse à cheveux de notre pensionnaire pour me donner contenance, je me ruai sur le palier. Hannah aurait été furieuse si elle m'avait surprise à espionner un invité !

– Je suis là-haut ! criai-je. J'allais me doucher !

Je traversai ma chambre et allai faire couler l'eau dans la salle de bains attenante pour tromper l'attention d'Hannah. Puis je sortis mon kit à empreintes digitales et fis apparaître, sur la brosse, un échantillon de celles de M. Hammond ; je prélevai aussi quelques cheveux en vue d'une éventuelle analyse chimique. Je n'étais cependant pas très satisfaite lorsque je retournai chez lui sur la pointe des pieds afin de remettre l'objet à sa place. Faire ces relevés était un jeu d'enfant... Je n'en étais pas plus avancée pour cela ! Il me fallait savoir si Marcus Hammond avait une raison de nuire à Mme Mahoney. Bref, s'il avait un mobile !

Papa devait travailler tard à son cabinet. Alors, nous prîmes notre repas dans la cuisine, Hannah et moi. Elle commenta :

– C'est calme, ce soir.

– Oui, soupirai-je.

J'avalai quelques bouchées de son tian de brocoli au fromage, dont je raffolle. Mais il ne me parut pas aussi goûteux que d'habitude. En fait, je n'avais pas le cœur à manger.

– Quand papa passe la nuit au bureau, George ou Bess viennent nous tenir compagnie, en général. Parfois même toutes les deux, dis-je, la gorge serrée.

– Allons, allons, pas d'idées noires, intervint fermement Hannah. Parlons d'autre chose. Sais-tu que cette pauvre Mme Mahoney a eu un accident ? Elle a embouti une rambarde en ciment avec sa voiture, et elle est à l'hôpital.

– Je suis au courant, je lui ai rendu visite. En réalité, ses freins avaient quelque chose d'anormal. Art Jeffries est retenu au poste.

– Juste ciel ! s'exclama Hannah en écarquillant les yeux. Et tu m'apprends ça comme si de rien n'était ! Mais enfin, Art Jeffries n'est pas n'importe qui, par les temps qui courent. Avec la reconstitution et tout le reste, c'est devenu un personnage important... On l'a arrêté, dis-tu ?

– Emmené pour interrogatoire, rectifiai-je alors que le téléphone mural se mettait à sonner. Grosse différence !

J'allai décrocher, espérant que c'était George ou Bess.

– Nancy ? Ici Charlie Adams.

– C'est *toi* qui m'appelles, Charlie ? C'est le monde à l'envers ! Tu n'as tout de même pas besoin d'un remorquage ?

Il pouffa à mon trait d'humour, mais répondit d'une voix préoccupée :

– En fait, j'aimerais avoir un coup de main.

– Je suis prête à te revaloir les innombrables services que tu m'as rendus, puisque tu l'acceptes enfin ! Que se passe-t-il ?

– Eh bien..., continua-t-il en baissant la voix, figure-toi que je suis sur le site de la reconstitution. J'y ai travaillé toute la journée pour aménager le champ de bataille, comme je te l'ai expliqué. Et puis je suis rentré à la maison. Là, je me suis rendu compte que j'avais oublié ma boîte à outils, et je suis revenu sur place. En me garant sur le parking, j'ai entrevu des lumières de torches électriques dans le bois.

– Il y a d'autres voitures que la tienne ?

– Aucune. D'abord, j'ai supposé que c'étaient des gosses en maraude, alors j'ai appelé. Mais personne n'a répondu, et les torches se sont éteintes. Si c'étaient des mômes, ils auraient réagi, non ? Du coup, il m'est venu l'idée que... Tu comprends, on s'est donné beaucoup de mal pour que les lieux soient conformes à la vérité historique, et sans danger. Ça m'ennuierait qu'il y ait des sabotages...

À ce mot, je dressai l'oreille. Quelqu'un avait trafiqué la voiture d'une vieille dame. Il pouvait tout aussi bien sévir sur le site des combats ! Et, comme la majeure partie de la ville participerait à la reconstitution de la bataille de Black Creek, samedi prochain…

– Ne bouge pas, Charlie, dis-je. J'arrive !

J'engageai mon hybride sur le parking de Riverside Park, moteur coupé, laissant ma voiture rouler sur son élan puis s'arrêter sans bruit. Inutile d'avertir les intrus qu'il y avait du renfort ! La nuit était noire, mais la clarté des étoiles et les lumières lointaines de la ville me permettaient de distinguer la masse sombre de la camionnette de Charlie.

Il fit des signes à mon approche, en chuchotant :

– C'est par là-bas que j'ai vu les torches.

– Elles se sont rallumées depuis que tu m'as téléphoné ?

– Non. *Black out* total. Tu connais la topographie du parc : la rivière sur trois côtés, et de l'autre le mur qui longe la route. Il est bien trop haut pour être escaladé. Pour ressortir, il faut emprunter cette entrée.

– Sauf si les intrus sont prêts à plonger à l'aveuglette dans la Muskoka River.

– Penses-tu ! L'à-pic est hyper dangereux. S'ils l'avaient tenté, j'aurais entendu leurs cris !

Je sortis ma minitorche et dis d'une voix normale :

– En tout cas, on n'a aucune raison de faire des messes basses et de se cacher comme des voleurs. Nous avons le droit d'être ici, eux pas. Si des gens se sont engagés dans le bois, ils ont forcément laissé des traces de leur passage.

En effet, la pluie de l'après-midi avait détrempé le sol et, de plus, remuée par les bulldozers, la terre était meuble. Non loin du parking, nous trouvâmes des empreintes très nettes, qui s'écartaient du chemin pavé. Je demandai à Charlie :

– Vous aviez tous des bottes en caoutchouc ?

Il réfléchit un instant avant de préciser :

– Oui, même les paysagistes. Il y a des machines et des outils un peu partout ! Il n'est pas conseillé de garder des chaussures de ville.

– Quelqu'un en portait, pourtant, observai-je en braquant ma torche sur les traces de pas

Il y avait deux séries de marques. Les premières étaient lisses, très différentes des reliefs profonds qu'auraient laissés des bottes d'ouvrier. Les autres consistaient en une forme triangulaire associée à un petit cercle.

– Des chaussures de femme, conclus-je. À talons hauts.

– Pas très pratique pour marcher dans les bois, commenta Charlie.

Qui avait bien pu passer à cet endroit ?

J'étais prête à parier que la femme était Pam Mattei : elle était très petite, et affectionnait sans doute les talons aiguilles. Pour ce qui était de l'identité de l'homme qui l'accompagnait, il ne pouvait s'agir d'Art Jeffries : Pam était venue ici *après* le départ des ouvriers, au moment où il se trouvait encore au poste de police. De qui d'autre pouvait-il s'agir ? Nathan Emory ? Marcus Hammond ? Ce dernier m'avait indiqué qu'il rentrerait tard... Je regrettais de ne pas avoir relevé l'empreinte de ses chaussures lorsque j'en avais eu l'opportunité : j'aurais pu dire maintenant si leur taille coïncidait avec celle de ces traces boueuses. Je mesurai ces dernières ; elles semblaient correspondre à une pointure 43 ou 44.

Une vision surgit dans mon esprit : Art Jeffries et Pam Mattei se passant un objet métallique dans le parking, cet après-midi. Pouvait-il s'agir d'une *pelle* ?

– Jetons un coup d'œil pour voir si on a creusé quelque part, dis-je, suivant le tracé des empreintes.

Près de la lisière du bois, je captai dans le faisceau de ma torche un amas de terre fraîchement retournée. Je m'agenouillai pour l'examiner.

– Si j'ai bonne mémoire, cet endroit ne

figurait pas sur notre planning d'aujourd'hui, m'apprit Charlie.

– Il y aura quoi, ici, en principe ?

– Le dépôt d'armes des Confédérés. Demain, nous devons construire un hangar à environ dix mètres. C'est un élément important. À la bataille de Black Creek, les soldats de l'Union ont fait sauter le stock de munitions sudiste.

– Ils l'ont fait *exploser* ? lâchai-je, réprimant un frisson.

– Nous n'avons pas travaillé dans ce secteur, aujourd'hui, souligna Charlie. D'ailleurs, il est évident qu'on a creusé ici avec une pelle courte. Nous, nous utilisons des pelleteuses !

Visiblement sur la même longueur d'onde, nous commençâmes à explorer l'herbe et les buissons environnants. Charlie ne tarda pas à annoncer :

– Je la tiens !

Surgissant d'un amas de buissons, il éleva au bout de son bras une petite pelle de jardinage à fer pointu.

Je braquai ma torche dessus : le bout était recouvert d'un film de poussière grise, contrastant avec le sol meuble et rougeâtre que nous foulions. J'en prélevai une parcelle au bout de mon index et la humai. Il s'en exhalait une odeur de soufre.

Je ne la connaissais que trop : c'était celle de la poudre !

– On dirait bel et bien qu'on a enterré des explosifs là où nous sommes ! m'exclamai-je. Si ça saute pendant la reconstitution…

– Je demanderai qu'on creuse ici dès qu'il fera jour, décida Charlie. Quant à la pelle, la police parviendra peut-être à y relever des empreintes.

– Bonne idée. Retournons sur le parking pour voir s'il y a des traces de pneus. Cela nous fournirait un indice supplémentaire.

Alors que nous revenions hâtivement sur nos pas, je commençai à me ressentir de la fraîcheur et de l'humidité nocturnes. Je n'avais pas très envie de m'attarder pour guetter les intrus fantômes ! D'ailleurs, ils avaient eu l'opportunité de se faufiler par l'entrée sans que nous puissions les apercevoir…

Soudain, un fracas retentit sur le parking. Je partis comme une flèche dans cette direction, talonnée par Charlie.

La lune avait grimpé dans le ciel, projetant sa clarté sur mon pare-brise. Son verre cassé s'étoilait comme un piège d'araignée : on avait fait mouche ! Non loin, sur la route, j'entendis un moteur en marche arrière, suivi d'un crissement de pneus strident.

À deux pas de moi, un gros caillou gisait à terre. Je me baissai pour le ramasser.

Il était enveloppé d'un papier maintenu par du scotch. J'ôtai l'adhésif pour libérer le feuillet et le déplier.

On y avait griffonné, d'une large écriture agressive, un message haineux : « Mort à la racaille sudiste ! »

# 7. La poudre parle

Ayant passé outre aux protestations de Charlie, je rentrai chez moi. Bien sûr, il n'était pas simple d'éviter les voitures venant en face : la lumière de leurs phares se réfractait sur mon pare-brise étoilé. Mais j'aimais mieux ça que de voir Charlie se faire un sang d'encre et ronchonner à n'en plus finir. Comme je le lui avais déclaré, il m'importait peu qu'on eût fracassé mon pare-brise. Ce que je regrettais, c'était que le caillou n'avait rien d'un indice révélateur ! Il ne me menait nulle part !

Quand je m'engageai dans notre allée d'accès, je constatai que la voiture de M. Hammond était garée devant chez nous, le long du trottoir. Je me dépêchai de gravir le perron, pressée de poser une question ou deux à notre hôte.

En entrant, j'examinai la moquette du vestibule, en quête d'empreintes boueuses. Mais il n'y en avait nulle part. Levant les yeux vers la galerie de l'étage, je vis que la porte de la chambre d'amis était close : M. Hammond s'était sans doute déjà couché. Je devrais attendre le lendemain pour l'interroger.

Pourquoi diable m'acharnais-je à trouver un motif d'accusation contre lui ?... Je n'en avais pas la moindre idée. Je n'étais même pas capable de préciser *de quoi* je le supposais coupable ! D'avoir provoqué l'accident de Mme Mahoney ? D'avoir enterré des explosifs sur le site de reconstitution de la bataille de Black Creek ?

J'enfilai machinalement mon pyjama en réfléchissant à mon affaire – si toutefois c'en était une. Pour autant que je puisse en juger à ce stade, M. Hammond avait eu les moyens, et sans doute aussi l'occasion, de commettre les deux méfaits. Mais il en allait de même pour Pam Mattei, Nathan Emory et Art Jeffries – brochette d'individus qui ne me disaient rien qui vaille. Quel motif aurait pu les pousser à agir ainsi ? Il fallait trouver le mobile ! C'était capital.

Hammond était un vieil ami d'Evaline Walters. Cela aurait dû m'inspirer confiance en lui, non ?

Plus j'y songeais, plus il me faisait l'effet d'une de ces silhouettes un peu floues que l'on aperçoit parfois à l'arrière-plan sur la photo d'une scène de crime. Pour une raison qui m'échappait, mon œil était attiré dans sa direction. Chaque fois que je « regardais la photo », je ne voyais que lui.

Je me mis au lit sans avoir conscience d'être fatiguée. Pourtant, dès que j'eus posé la tête sur l'oreiller, je m'endormis.

Je fus debout dès sept heures et quart, le lendemain matin. Ce n'était pourtant pas assez tôt pour harponner Marcus Hammond : quand je sortis dans le couloir, je constatai que la chambre d'amis était ouverte et vide ! Ayant jeté un coup d'œil par la fenêtre, je découvris que sa voiture n'était déjà plus là.

Ce fut plus fort que moi : j'entrai fouiller sa chambre. J'allai droit à la paire de chaussures posée sous la chaise : des mocassins à semelle souple, de taille 43, qui ne portaient pas une trace de boue. Peut-être les avait-il nettoyés ? Alors que je cherchais du regard la corbeille, pour voir s'il y avait jeté des mouchoirs révélateurs, Hannah fit irruption dans la pièce.

– Tu as perdu quelque chose, Nancy ? lança-t-elle d'un ton significatif. Je ne crois pas que M. Hammond apprécierait ta présence ici.

Je vis alors qu'elle tenait à la main la corbeille à papier, vide. Je n'osai pas lui demander si elle y avait trouvé des mouchoirs souillés de boue.

– Euh..., balbutiai-je, improvisant un faux prétexte, j'allais faire une lessive, j'ai eu l'idée de vérifier s'il avait des vêtements à laver.

– Je viens de les mettre dans la machine.

– J'imagine qu'ils étaient crottés, vu la pluie d'hier, risquai-je, allant à la pêche aux informations.

Hannah secoua négativement la tête :

– Il ne m'a pas semblé. C'est un monsieur très propre et ordonné. Un vrai gentleman qu'on a plaisir à recevoir.

Elle me décocha un regard aigu, et reprit :

– Aucun souci du côté de Charlie ? Tu es rentrée tard, cette nuit.

– Charlie va très bien. Qu'as-tu préparé pour le petit déjeuner ?

Un instant plus tard, au rez-de-chaussée,

pendant qu'Hannah me servait un muesli aux myrtilles, j'appelai le chef McGinnis depuis le poste téléphonique du vestibule. Je lui parlai des lumières de torches électriques dans le bois.

– C'est toi qui les as aperçues ? me demanda-t-il, d'humeur irritable.

– Non, c'est Charlie. Mais j'ai entièrement confiance en son témoignage. D'ailleurs, j'ai personnellement vu des empreintes de pas et des traces d'excavation clandestine.

– Charlie découvrira tout à l'heure que ça faisait partie des travaux prévus, j'en mets ma main au feu, bougonna le chef. Bref, qu'il n'y a pas de quoi s'inquiéter.

– Pas de quoi s'inquiéter ? Quelqu'un a expédié une pierre contre mon pare-brise, chef ! Avec un mot qui disait : « Mort à la racaille sudiste ! » Si je m'étais trouvée en voiture…

– Justement, tu n'y étais pas, me coupa-t-il. Celui ou celle qui l'a lancée le savait pertinemment. C'était une blague. D'une de tes amies, peut-être. Pour te taquiner parce que tu t'es enrôlée chez les Rebelles.

Je pensai à Bess et à George. Ni l'une ni l'autre ne se serait risquée à une blague aussi dangereuse ! Surtout pas contre moi.

– Et maintenant, Nancy, continua le chef,

fais-moi plaisir : arrête de fouiner. Il n'y a rien de louche dans cet incident ! Quant à l'accident de Mme Mahoney, il est bel et bien dû au hasard : mes hommes ont mené une enquête, ils n'ont découvert aucun élément anormal.

– Et la clé anglaise dans la voiture d'Art Jeffries ?

– Il dirige un garage, bon sang ! Il a forcément des outils dans sa voiture ! explosa le chef. Mais, à cause de ton intervention intempestive, j'ai été contraint de l'humilier, de l'emmener au poste ! Ce n'est pas très agréable, figure-toi ! Il est notre coordinateur général pour la reconstitution de demain, et mon officier supérieur. Il mérite le respect. Alors, laisse-le tranquille !

Je raccrochai en ruminant la situation. De toute évidence, Art Jeffries avait fait passer McGinnis sur la chaise à secousses… C'était embêtant pour lui, d'accord, mais ça ne signifiait nullement que mes soupçons étaient injustifiés !

J'essaie en général de coopérer avec le chef. Là, ça n'allait pas être possible, c'était clair.

Avant tout, je devais changer mon pare-brise. Comme Charlie était occupé sur le site de la reconstitution, je choisis de me rendre chez Jeffries Autorama. Il y avait forcément, dans un garage aussi important, quelqu'un capable d'opérer sur une voiture aussi peu ordinaire que la mienne. D'ailleurs, j'avais de la sympathie pour Mac, le mécanicien. Et puis… eh bien, il ne me déplaisait pas de voir ce que mijotait Art Jeffries !

Mac me reconnut dès qu'il me vit et se montra très empressé.

– Ce sera changé en moins de vingt-quatre heures, me promit-il en collant sur le verre défectueux un papillon précisant la nature des réparations. Puis-je te prêter une voiture de dépannage ?

J'examinai d'un coup d'œil les véhicules qu'il désignait. Ils carburaient tous à l'essence, bien sûr. Mais il me fallait tout de même un moyen de transport. J'acceptai les clefs de contact que Mac me tendait.

Comme j'allais monter à bord de ma voiture d'un jour, j'entrevis une chevelure rousse : Pam Mattei venait de s'introduire dans le show room. Je m'élançai à sa suite. Je l'arrêtai à l'instant où elle s'apprêtait à entrer dans le bureau d'Art Jeffries :

– Madame Mattei ?

Elle fit volte-face. Voyant qu'Art Jeffries s'était levé, dans son bureau aux cloisons de verre, je l'attirai un peu plus loin, la prenant à part.

– Madame Mattei, repris-je, je me demandais si vous vous étiez rendue sur le site de la reconstitution, hier soir. J'ai observé des empreintes, là-bas. Produites par des escarpins à talons hauts.

Me décochant son sourire habituel, éclatant mais peu amène, elle admit avec aisance :

– J'y suis allée, en effet. Nous y retournons tout à l'heure, d'ailleurs. Hier, il faisait trop sombre pour voir quoi que ce soit, lorsque nous sommes arrivés. Nous n'avions pas pu nous y retrouver à l'heure dite, Art a eu un contretemps. Il a dû régler des affaires en ville.

D'un mouvement du menton, elle me désigna Jeffries qui, sorti sur le pas de sa porte, nous foudroyait d'un regard noir.

« Un *contretemps* ? » pensai-je. Ainsi, il avait tu qu'on l'avait retenu au poste de police ! Cela ne permettait guère d'en conclure qu'il était de mèche avec Pam Mattei ! Dans ce cas… pourquoi dissimulait-il son interrogatoire ?

– Je croyais que vous vous occupiez uniquement du feu d'artifice du pique-nique, dis-je à Pam Mattei.

Jeffries s'était avancé et s'immisça dans la conversation :

– C'était l'accord d'origine. Mais, après l'arrivée de Pam, j'ai eu l'idée d'ajouter des effets spéciaux à la reconstitution. Nous allons simuler l'explosion du dépôt de munitions sudiste.

Exhibant de nouveau sa dentition éclatante, Pam Mattei enchaîna :

– Rien de très sophistiqué. Juste quelques déflagrations avec des éclairs orangés et rouges. Après tout, nous sommes les experts en pyrotechnie, cela fait partie de notre rôle.

Je me hâtai de rassembler mes souvenirs de cours de chimie :

– Et vous avez prévu assez de, euh, poudre de cuivre et de baryum pour produire ce genre d'illumination ?

Elle hocha énergiquement la tête.

– Ça promet d'être vraiment cool, dis-je en commençant à m'éloigner. Bon, eh bien, bonne chance !

Un quart d'heure plus tard, revenue à la maison, je déterrai au fond d'une étagère mon vieux manuel de chimie et trouvai rapidement le tableau récapitulatif que je cherchais. Ma mémoire était bonne ! Le cuivre et le baryum produisent à l'ignition du bleu et du vert. Pour obtenir du rouge, il faut du lithium. Certaines formes de carbone, telles que le charbon, donnent de l'orange.

« Comme quoi, les leçons de chimie ne sont

pas inutiles », pensai-je en refermant mon bouquin d'un coup sec.

J'avais maintenant une piste à explorer ! Si Pam Mattei était experte en pyrotechnie, comme elle le prétendait, elle aurait dû savoir quelles poudres utiliser pour obtenir les effets recherchés !

Décrochant mon téléphone, je passai quelques appels, et finis par joindre les bureaux de Dawn's Early Light Productions à Long Island, dans l'État de New York. Une jeune employée me confirma que Pam Mattei faisait partie du personnel.

– J'avais une amie du même nom au lycée, mentis-je. J'espère que c'est elle. Il y a longtemps qu'elle travaille chez vous ?

– Quelques mois. Elle a emménagé ici récemment.

– Et d'où vient-elle ?

– D'une ville du Nord, je crois.

Je l'entendis demander à quelqu'un de proche :

– Tu connais Pam, hein ? Elle habitait où, déjà ?

Je perçus une réponse étouffée et indistincte, puis elle énonça avec netteté dans le haut-parleur :

– Postdam.

Je tressaillis. Postdam, dans l'État de New York… la ville de Marcus Hammond ! Ou bien fallait-il dire : Martin Halstead ?

– Nancy, tu te charges de la zone Ouest avec Deirdre, décida Harold Safer. Quand George et Bess arriveront, je les placerai à l'Est.

Je n'osai pas discuter, de crainte de provoquer une crise hystérique de Deirdre. Mais ce fut avec une vive contrariété que je l'accompagnai, au pas de charge, jusqu'à l'entrée Ouest. J'avais espéré bavarder avec mes amies, lors du pique-nique, pendant la distribution des colliers fluo. Cela aurait été l'occasion idéale d'apaiser notre querelle. Et voilà que j'étais scotchée avec Deirdre à l'autre bout du parc !

Je me consolai de mon mieux : le fait d'être à un accès me procurait un bon poste d'observation pour surveiller les différents suspects de mon affaire – qui n'en était pas une, à en croire le chef McGinnis ! Je devais reconnaître que mon enquête semblait de plus en plus sans objet. Charlie m'avait téléphoné dans l'après-midi pour m'apprendre que les fouilles effectuées dans le parc n'avaient rien d'un sabotage :

elles résultaient d'un ultime remaniement du planning. Ce qui, je suppose, mettait hors de cause Pam Mattei. Mais il restait permis de conserver des soupçons sur l'accident de Mme Mahoney, non ?

J'eus comme un coup au cœur en voyant venir, bras dessus bras dessous, Evaline Walters et Marcus Hammond. Elle portait un chemisier blanc, une longue jupe à fleurs, et arborait une expression rêveuse. Il y avait longtemps, réalisai-je, que je ne l'avais vue aussi heureuse. De toute évidence, c'était à cause de son cavalier. Il se montrait attentionné, la tenant serrée et lui parlant de près. Mais il scrutait un peu trop tout ce qui se passait autour de lui, pour un type censé avoir la conscience tranquille !

Leur arrivée dans le parc fut éclipsée par l'entrée triomphale de Mme Mahoney, escortée par le maire en personne. Des voix animées s'élevèrent quand elle fit halte près du kiosque. Tout le monde, apparemment, était au courant de son accident et de son séjour à l'hôpital. Je devinai à son air vainqueur qu'elle avait usé de sa force de persuasion pour convaincre les médecins de la libérer aussi vite.

Fendant la foule qui l'environnait, Nathan Emory l'aborda en disant :

– Les armuriers du souk vous présentent

leurs meilleurs vœux, madame Mahoney ! Nous vous sommes très reconnaissants de votre action. Je vous offre, en notre nom à tous, ce témoignage d'estime.

Il lui tendit un paquet bosselé enveloppé de papier argenté. Elle le prit avec un sourire royal, puis l'ouvrit maladroitement en demandant :

– Qu'est-ce que c'est ?

– Une authentique gourde confédérée, expliqua-t-il en l'aidant à déballer l'objet. Vous voyez l'inscription gravée dessus ? Elle provient du 17e Régiment de Géorgie. C'est une pièce rare.

– Et très belle, qui plus est, dit Mme Mahoney. Je n'en mérite pas tant.

– Voyons, Agnès, glissa le maire, sans vous, cette reconstitution ne serait pas possible. C'est vous qui avez eu cette inspiration !

– Pas du tout ! protesta Mme Mahoney. C'est Evaline Walters qui, la première, a suggéré cette idée à notre Société historique. Elle savait que nous cherchions à célébrer dignement notre soixante-quinzième anniversaire. Evaline, ma chère, où êtes-vous ? Ce souvenir vous revient de droit.

Mme Walters se porta en avant, avec modestie.

– Ce n'était qu'un projet sans corps, dit-elle en acceptant la gourde. C'est vous, Agnès, et la Société, qui en avez fait une réalité.

Le maire souligna alors :

– Cependant, personne ne savait que les habitants de River Heights avaient combattu à Black Creek, avant votre intervention. Qu'est-ce qui vous a amenée à faire des recherches sur cette bataille ?

Evaline Walters pivota vers Marcus Hammond. Fut-ce un effet de mon imagination ? Il parut esquisser un léger signe de dénégation en la saisissant par un coude. Que signifiait cette réaction ? Ne voulait-il pas qu'elle obtienne l'attention à laquelle elle avait droit ?

– Euh, r-rien de s-spécial, balbutia-t-elle en s'adressant de nouveau au maire. Un vieux réflexe de rat de bibliothèque, c'est tout. M-merci encore.

Se détournant, elle se fondit rapidement dans la foule avec Marcus Hammond.

– Bizarre, bizarre, marmonnai-je.

À côté de moi, Deirdre haussa les épaules :

– Les vieilles filles effacées détestent les feux de la rampe, railla-t-elle. Bon, je m'en vais, moi.

Jetant sur une table les derniers colliers fluo qu'il lui restait à distribuer, elle s'éloigna.

« Excellente initiative », pensai-je, tous ceux qui le désiraient ayant eu un collier. Il était temps que je me mette en quête de George et de Bess ! Comme je me dirigeais vers l'entrée Est, Ned me rejoignit, se portant à ma hauteur.

– Ainsi va Nancy Drew, tranquille et assurée, me charria-t-il.

– Assurée... pas tant que ça ! Je vais m'expliquer avec George et Bess.

Il me prit par les épaules :

– Détends-toi ! Elles attendent sûrement que tu fasses le premier pas. Elles seront ravies d...

– Nancy ! Nancy ! Enfin, je te trouve ! cria Harold Safer, surgissant devant nous. Il y a un problème !

Je levai les yeux, à la fois contrariée et soulagée d'avoir à reporter mon entrevue avec mes amies :

– Lequel ?

– Suis-moi.

Il se fraya un passage parmi la foule, si rapidement que je dus accélérer pour lui emboîter le pas.

Nous dépassâmes des barrières en bois et descendîmes le talus vers la Muskoka River. Il me désigna deux plates-formes oscillant sur l'onde, chargées de bacs de sable. Il y avait, plantées obliquement dedans, des enfilades de fusées en métal.

– Tu vois quelqu'un ? demanda-t-il.

Je regardai les pontons en cillant.

– Ben, non.

– *Justement* ! s'exclama-t-il en croisant les bras. Où est l'équipe d'artificiers ? Ils étaient trois, tout à l'heure. Je m'éclipse une seconde pour admirer le coucher du soleil, et pffuitt ! plus personne.

Je balayai le fleuve du regard, puis désignai une petite embarcation qui se balançait sur l'eau.

– La barque, là-bas… c'est la leur ?

– Oui, je suppose ! Mais pourquoi seraient-ils allés sur le fleuve, maintenant ? Le feu d'artifice sera déclenché dans un quart d'heure !

Je me tournai vers Ned, qui devina aussitôt ma pensée.

– Je m'en occupe, Nancy ! dit-il.

Il remonta le talus de la rive, partant à la recherche des artificiers.

Pendant ce temps, nous rejoignîmes rapidement les plates-formes à coups de rames, Harold et moi. En prenant pied sur l'appontement, je vis que le sable maintenait avec efficacité les fusées métalliques. Des fils électriques multicolores serpentaient d'un dispositif à l'autre. Le crépuscule croissant ne permettait pas de distinguer les choses avec netteté, mais on apercevait çà et là des fils de cuivre dénudés – fraîchement sectionnés !

Je m'agenouillai pour examiner un des mortiers de lancement. Le sable qui le calait avait été dérangé récemment. En observant son orientation, je m'aperçus qu'il pointait vers le rivage, et non vers le ciel comme les autres.

– Je ne connais absolument rien à la pyrotechnie, commenta Harold. Mais j'ai beau être allergique à la technique, je vois qu'on a trafiqué ce dispositif !

Un frisson me glaça la nuque.

– On devrait neutraliser le feu d'artifice, murmurai-je, la peur au ventre.

– Je ne demande pas mieux ! L'ennui, c'est qu'il est programmé électroniquement, m'apprit-il en me désignant une boîte noire à l'extrémité de la plate-forme. Je n'ai pas la moindre idée de la façon dont on l'arrête.

« George ! pensai-je. Il faut trouver George ! » Mais pourrait-elle agir à temps ?

J'eus la réponse une seconde plus tard : sur le bloc électronique, un petit voyant jaune passa au vert. À l'autre bout du ponton, une étincelle grésilla à la base du mortier le plus éloigné.

Une charge de poudre s'alluma à l'intérieur

du tube de lancement. Et, avec un sifflement strident, la première fusée s'éleva dans le ciel nocturne.

# 8. Ça se complique

– Harold, combien de temps avons-nous avant l'allumage de la rangée sabotée ? demandai-je.

Passant une main sur son front d'un air anxieux, il lâcha :

– Je l'ignore ! Pam m'a expliqué le déroulement des opérations, mais je ne l'ai pas écoutée avec grande attention. C'était du ressort des experts.

Une fleur violette en forme de chrysanthème se déploya dans le ciel ; à terre, un chœur de « Ooooohh ! » approbateurs s'éleva de la foule.

– Il faut faire évacuer le terrain ! Tout de suite ! décidai-je.

Saisissant Harold par les épaules, je le poussai vers la barque, en me maudissant d'avoir laissé mon téléphone mobile dans ma voiture.

Heureusement, nous étions près de la rive. En quelques coups de rames, nous l'eûmes rejointe. Tandis qu'une deuxième fusée s'élançait dans l'air, Harold énonça frénétiquement dans son talkie-walkie :

– Ici, Safer. Vite, les gars, répondez ! Vite !

Comme nous touchions terre, un grésillement se fit entendre : les pompiers de service se manifestaient, et j'entendis Harold qui argumentait :

– C'est une urgence, vous pouvez me croire ! Je n'ai pas le temps de vous expliquer ! Faites évacuer la zone de pique-nique !

Au sommet du talus, je vis un groupe de pompiers, massés près de leur camion, hésitants. Puis trois hommes en combinaison noire passèrent devant eux au pas de course. L'un d'eux brailla :

– Qui a provoqué la mise à feu ?

– Je n'aime pas ça ! cria un deuxième.

C'était sans doute l'équipe des artificiers. Le capitaine des pompiers, voyant leur frénésie, parut prendre enfin la situation au sérieux. Il leva son porte-voix :

– Attention, attention ! brailla-t-il à l'adresse des pique-niqueurs. Vous devez quitter les lieux immédiatement !

D'abord, la foule ne réagit pas. Les gens étaient trop occupés à admirer la rosace jaune qui s'épanouissait dans le ciel, prenant la forme d'un palmier. Mais, à présent qu'ils étaient passés à l'action, les pompiers se montraient efficaces. Je fus impressionnée par leur calme tandis qu'ils aiguillaient le public vers les diverses issues. J'entendis au loin la sirène d'un camion qui arrivait à la rescousse, alors qu'une cocarde rouge et bleue succédait à la rosace.

Tout en suivant la foule, je regardai autour de moi, cherchant Ned, Bess, George, quelque personne de connaissance. Comme nous passions devant une rangée de tables, je vis, à l'abandon sur l'une d'elles, la gourde offerte à Evaline Walters. Je tentai de me porter sur le côté pour la saisir au passage, mais on me poussa rudement par derrière. La marée humaine m'entraînait vers les grilles du parc.

Tout à coup, j'entendis derrière moi un horrible sifflement. Faisant volte-face, je vis jaillir au-dessus du lac, au cœur du parc, une fusée métallique : elle se dirigeait droit sur la zone du pique-nique. Celle qui, voici une minute à peine, avait été occupée par des centaines de gens !

Laissant dans son sillage une traînée d'étincelles violettes, le projectile embrasé frappa le toit d'un abri de pique-nique et l'incendia.

C'est alors que la panique balaya la foule. Affolés, les gens se mirent à courir de toutes parts. Un coude heurta rudement mes côtes. Quelqu'un m'écrasa le pied. J'eus tout juste le temps de soulever une petite fille dans mes bras pour lui éviter d'être piétinée.

Soudain, comme par magie, les lampadaires du parc s'allumèrent. Le capitaine des pompiers lança dans son porte-voix :

– Du calme ! Vous avez le temps ! Le feu d'artifice vient d'être neutralisé !

Je portai mon regard en direction des plates-formes. Les trois hommes en combinaison noire se donnaient l'accolade, visiblement soulagés.

Formidable ! Mais pourquoi ne s'étaient-ils pas trouvés sur place au moment où ils auraient pu empêcher ce gâchis ?

La foule parut se détendre, heureusement. Repérant les parents de la petite fille, je la leur amenai. Puis, postée à l'abri d'un orme immense, je scrutai tout ce qui m'environnait, en quête d'un suspect. Car j'étais sur une affaire, cette fois ! Cela ne faisait plus de doute !

J'avais assisté à l'arrivée de Marcus Hammond... Se trouvait-il toujours sur les lieux ? Et qu'en était-il d'Art Jeffries et de Nathan Emory ?

Il y avait aussi Pam Mattei : étant donné qu'elle supervisait le feu d'artifice, son absence était hautement suspecte !

Le chef McGinnis déboula dans une voiture de police blanche et noire, et en descendit. Comme je me dirigeais vers lui, j'eus la surprise de voir qu'il était escorté d'Art Jeffries.

– Nous tenions notre dernière réunion pour la reconstitution lorsque j'ai été alerté par appel radio, m'apprit le chef. Art Jeffries m'a accompagné. Où est Harold Safer ?

– Près du foyer d'incendie. Il parle avec le capitaine des pompiers, dis-je en ponctuant mes paroles d'un signe. J'aimerais savoir où se trouve Mme Mattei, en revanche !

– Elle était en réunion avec nous, me précisa Art Jeffries avec un regard las. Nous discutions de l'explosion fictive du dépôt d'armes. Nous tenions à nous assurer qu'elle se déroulerait... sans danger.

Là-dessus, il contempla l'abri de pique-nique dévasté, et ajouta en serrant les mâchoires :

– Elle pensait que son équipe assurerait, ce soir. Apparemment, elle s'est trompée. Où sont les artificiers ?

Je répondis :

– Ils n'étaient pas sur la plate-forme lors de la mise à feu. Bien que la programmation soit électronique, j'aurais cru qu'ils seraient sur place !

– C'est habituellement le cas, rétorqua quelqu'un derrière moi.

Les trois hommes en combinaison noire nous avaient rejoints, et celui qui avait parlé continua :

– Mais quelqu'un a avancé le minuteur d'une dizaine de minutes. J'ignore qui.

Son voisin ajouta en désignant leur collègue :

– Wilson a reçu un appel comme quoi l'alarme de sa bagnole s'était déclenchée. Il transporte pas mal d'explosifs dans son coffre. Nous avons supposé que quelqu'un cherchait à le forcer, et nous avons eu peur. Alors, nous sommes allés voir.

– Qui vous a alertés ? demandai-je.

Ils se dévisagèrent d'un air interdit.

– Le type s'est présenté comme le policier

de garde sur le parking, précisa le dénommé Wilson.

– Il avait votre numéro de mobile ? Comment ça se fait ?

Il haussa les épaules, embarrassé :

– Maintenant que tu le fais remarquer, je trouve ça louche. Mais, sur le moment, je n'ai pensé qu'aux explosifs.

Ainsi, c'était un *homme* qui avait passé l'appel anonyme. Cela mettait Pam Mattei hors de cause ! Au demeurant, elle dirigeait les opérations ; elle n'aurait pas eu besoin de recourir à un faux prétexte pour éloigner son équipe de la plate-forme.

Le chef McGinnis se fit remettre le mobile de Wilson et afficha sur l'écran le numéro du dernier appel entrant : son équipe avait ainsi un point de départ pour enquêter. De mon côté, je courus chercher mon téléphone portable dans ma voiture. Le parking était presque désert, à présent. Malgré leur curiosité, les participants du pique-nique avaient obéi aux ordres et regagné leurs foyers. Il ne restait que les pompiers, les techniciens du feu d'artifice, la police et l'équipe d'ambulanciers dépêchée sur place pour s'occuper des blessés éventuels.

Mon premier souci fut d'appeler Hannah. J'appris avec soulagement qu'elle et papa n'avaient finalement pas assisté au pique-nique. En revanche, M. Hammond n'était pas encore revenu, et cela ne me disait rien qui vaille !

Je téléphonai donc, ensuite, chez Evaline Walters. Pas de réponse. Il y avait une bonne demi-heure, maintenant, que l'on avait renvoyé chez eux les pique-niqueurs. Marcus et Evaline avaient eu tout le temps de rentrer ! Bien sûr, ils avaient pu se rendre au restaurant pour un dîner tardif. Mais j'aurais tout de même été plus rassurée de les savoir à la maison. Je laissai un message sur le répondeur d'Evaline, lui demandant de me contacter.

Puis j'allai trouver le chef McGinnis. Ses hommes avaient eux aussi œuvré au téléphone, tentant de localiser plusieurs personnes suspectes à leurs yeux.

Tout en consultant son calepin de notes, le chef me demanda :

– Que sais-tu au sujet de Nathan Emory ?

Je répondis d'un air rembruni :

– Il a essayé d'estamper papa sur le prix d'un mousquet. Il paraît aussi qu'il s'est fait taper sur les doigts parce qu'il vendait des balles Minié dans le souk. Et il était là tout à l'heure, je l'ai vu.

– Oui, c'est ce que m'a précisé le maire.

Emory a offert un cadeau à Mme Mahoney, récapitula le chef en consignant mes déclarations dans son carnet. Nous avons tenté de le joindre pour l'interroger mais, apparemment, il s'est volatilisé.

*Volatilisé* ? Cela ne promettait rien de bon !

– Comment ça ? fis-je.

– Il a réglé sa note et quitté son hôtel ce soir à vingt heures, alors qu'il avait réservé jusqu'à dimanche.

Intriguée, je m'enquis :

– Pourquoi serait-il parti la veille de la reconstitution ?

Le chef haussa les épaules, comme pour dire : « Tu m'en demandes trop ! », puis reprit :

– Je vais envoyer un message à toutes les patrouilles pour faire rechercher sa voiture.

– Chef ! cria un pompier. Venez !

Je m'empressai de suivre le mouvement, bien entendu.

La zone de l'auvent incendié était ravagée : toit déchiqueté et éventré, débris carbonisés de tables de pique-nique, tubes d'acier à demi fondus, dalle de béton fendue et noircie. L'explosion avait calciné le feuillage, mais la réaction rapide des pompiers avait permis de sauver les arbres.

Le capitaine désigna à McGinnis un coin de

ciment noirâtre sur le côté de l'abri. Me penchant par-dessus l'épaule du chef, je pus voir ce qu'il lui montrait.

Il y avait là un objet arrondi d'environ vingt centimètres, en métal cabossé, à demi couvert d'une poudre noire et grasse. Une flaque d'aspect aqueux s'en était écoulée.

C'était la gourde confédérée que Nathan Emory avait offerte à Mme Mahoney, qui l'avait à son tour donnée à Evaline Walters !

Et, près de la flaque, un chat de gouttière efflanqué se tordait de souffrance. Son estomac enflé se soulevait convulsivement sous l'effet de la douleur. M'étant approchée, je vis que sa peau, sous sa fourrure galeuse, était rose vif. Il avait besoin de secours !

Un pompier murmura :

– Ce n'est qu'un chat errant. Allez savoir ce qui l'a rendu malade.

Parlant à voix douce pour ne pas terroriser davantage le malheureux animal, j'avançai pour ramasser la gourde. Le métal était encore chaud, mais je pus la tenir suffisamment longtemps pour humer le goulot.

J'aurais reconnu entre mille la faible odeur d'amande amère qui s'en exhalait : celle du cyanure.

# 9. Préméditation

Afin d'avoir une confirmation, j'humectai mon index dans la flaque proche de la gourde, et le sentis. Pas de doute, c'était du cyanure !

Envahie de pitié, je m'exclamai :

– On dirait qu'il a lapé du poison. Le pauvre !

– Du poison ? Dans cette gourde ? lâcha le chef McGinnis.

Tandis qu'un pompier emmenait le chat pour adoucir ses derniers instants, nous échangeâmes un regard. Nous pensions tous deux la même chose : qui d'autre avait bu à cette gourde ?

– Le chat n'a pas pu dévisser le bouchon,

c'est forcément l'œuvre d'un être humain, soulignai-je. Et il n'y a pas besoin de boire beaucoup pour absorber une dose létale de cyanure – poison violent et rapide. Celui ou celle qui en a absorbé doit être secouru dans les plus brefs délais. Dans la demi-heure qui suit l'ingestion, en fait.

Le capitaine des pompiers suggéra :

– S'il y a une victime, elle a pu être refoulée dans le bois, tout à l'heure, dans la bousculade. L'homme est peut-être évanoui. Il…

– Ou *elle*, glissai-je, me rappelant qu'Evaline Walters n'avait pas répondu à mon coup de téléphone.

Les pompiers n'attendirent pas davantage : équipés de haches et de talkies-walkies, ils se déployèrent en éventail et s'enfoncèrent dans le bois.

– Il faut un antidote, dis-je, me tournant vers un des ambulanciers, qui, heureusement, se trouvaient toujours sur place. Le protocole habituel : administration de nitrite d'amyle, purge d'estomac, et…

Le jeune secouriste acquiesça :

– Nous avons préparé un masque à oxygène pour parer à un arrêt respiratoire. Autre chose ?

– Associer au nitrite d'amyle du nitrite de sodium et du thiosulfate de sodium, je crois, ajoutai-je, me remémorant ce que j'avais appris lors d'une enquête récente. Il vaudrait mieux que vous consultiez votre manuel pour les dosages.

Les ambulanciers se mirent à l'œuvre, et je me tournai à nouveau vers le chef McGinnis.

– On peut réchapper à un empoisonnement au cyanure, affirmai-je, cherchant à nous rassurer tous les deux. Si la victime survit à l'ingestion pendant quatre heures, en général elle se rétablit. Cela dépend, bien sûr, de la quantité qu'elle a avalée et de son état de santé général...

– Tu penses à Agnès Mahoney, n'est-ce pas ? devina le chef. C'est la gourde que Nathan Emory lui a remise.

– Oui. Mais il la lui a donnée au vu de tous. S'il avait su qu'elle contenait du cyanure, il se serait gardé de se montrer avec ! Pourquoi aurait-il pris un tel risque ?

– J'avoue que ça me dépasse, lâcha le chef. N'oublions cependant pas qu'elle a eu un accident suspect. Il faut croire qu'on cherche à lui nuire !

– Mme Mahoney n'a pas conservé son cadeau, fis-je remarquer. Elle l'a offert à Evaline Walters.

Là-dessus, je regardai anxieusement en direction du bois.

– Alors, selon toi, Nancy, il se peut que le poison ait été administré à une personne qui n'était pas visée initialement ?

J'eus, comme dans un flash, la vision de Marcus Hammond entraînant Evaline Walters après qu'elle avait pris l'ustensile. Sur le moment, j'avais supposé qu'il ne voulait pas qu'elle ait la vedette. Mais avait-il pu obéir à une autre motivation ? *Avait-il su que la gourde contenait du poison ?*

Je n'eus pas le temps de mentionner Hammond, car un policier cria :

– Chef ! Regardez qui nous avons déniché !

Je fis aussitôt volte-face, espérant qu'on ramenait Mme Walters saine et sauve. Au lieu de cela, je vis Nathan Emory escorté par deux policiers. Ses vêtements étaient froissés, et il portait des menottes.

– Emory, l'armurier, précisa un agent.

Le chef considéra Emory en plissant les yeux.

– Vous avez déserté votre hôtel bien précipitamment ! lui lança-t-il. On peut savoir pourquoi vous quittiez la ville ?

Emory leva les yeux au ciel :

– Comme je l'ai déjà expliqué à vos hommes, je ne m'en allais pas ! Pourquoi partirais-je avant la reconstitution ? C'est ma source de revenus la plus lucrative ! Un ami armurier m'a proposé de partager sa chambre d'hôtel pour réduire nos frais, voilà tout. Les affaires n'ayant pas marché autant que d'habitude, ça m'a paru une bonne idée.

– Vérifiez ses dires, ordonna le chef à ses hommes.

Puis, élevant la gourde sous les yeux d'Emory :

– Vous pouvez identifier ça ?

Emory regarda l'objet et fit la grimace en voyant son état :

– Bien sûr. C'est une gourde standard du 17e Régiment de Géorgie, datant de 1863 environ. Une véritable antiquité, une pièce de ma collection. Je l'ai offerte en souvenir à Mme Mahoney, ce soir. Que lui est-il arrivé ?

– Elle a été endommagée dans l'incendie, répondit le chef. Elle était vide, lorsque vous la lui avez donnée ?

L'air interdit, Emory répliqua :

– Évidemment ! C'est une pièce de valeur, pas un ustensile ordinaire. D'ailleurs, il faut se méfier de ce vieil alliage – il pourrait contenir du plomb. On ne savait pas que ce métal était dangereux pour la santé, à l'époque.

– Quelqu'un a-t-il pu la remplir à votre insu ? demandai-je.

Il m'adressa un coup d'œil nerveux. Il devait être surpris de voir une adolescente collaborer avec la police – je suscitais souvent ce genre de réaction dans mes enquêtes. Non sans sarcasme, il souligna :

– Si elle avait été pleine, je m'en serais rendu compte ! J'aurais entendu le clapotis de l'eau. Dites, qu'est-ce qui se passe ? Je croyais que vous enquêtiez sur un accident pyrotechnique.

– Nous aussi, fit le chef, laconique. Nous avons besoin de votre déposition sous serment, monsieur Emory. Agent Price, conduisez-le au poste.

Emory fut emmené en dépit de ses protestations. Ôtant son chapeau, le chef s'épongea le front :

– Bon, je suppose qu'un autre a mis le cyanure plus tard…

– Après la remise de la gourde à Evaline Walters, achevai-je, devinant sa pensée. Le poison n'était sans doute pas destiné à Mme Mahoney. Je me souviens maintenant d'avoir vu traîner cet objet sur une table, pendant l'évacuation. J'ignore s'il était vide ou plein à ce moment-là. En tout cas, n'importe qui a pu verser du poison dedans.

– Donc, il s'agit d'un crime sans relation

avec l'accident de Mme Mahoney, soupira le chef. Total : deux affaires à résoudre...

J'énonçai en comptant sur mes doigts :

– L'accident de Mme Mahoney, un ; l'empoisonnement, deux ; et le sabotage du feu d'artifice... trois. N'oubliez pas non plus le caillou qu'on a expédié contre mon pare-brise, hier soir.

– Voyons, objecta le chef, sceptique, là, il doit s'agir d'une bande de galopins.

– Je ne pense pas, insistai-je. Écoutez : quatre crimes, quatre cibles différentes. Mais ils tournent tous autour de la reconstitution. Alors, si *la reconstitution elle-même* était la véritable cible ?

Le chef se mordilla la lèvre, l'air songeur.

– Tu tiens peut-être une idée. Le billet attaché au caillou parlait de racaille rebelle et cette gourde provient d'un régiment confédéré. Il se peut qu'un membre des équipes sudistes cherche à menacer les forces de l'Union.

Je fus estomaquée par cette déduction.

– Vous en avez de bonnes ! explosai-je. Le billet proclamait : « Mort à la racaille sudiste ! » C'est ce que dirait un soldat de l'Union, justement ! Et supposez un instant qu'un Nordiste ait mis la gourde ici pour impliquer les Sudistes...

– Qu'est-ce que tu insinues ? s'enflamma le chef. C'est tout de même inouï ! Art Jeffries me le faisait justement remarquer hier soir : ceux qui s'enrôlent dans les rangs nordistes font généralement partie des gens bien de la ville, alors que les figurants confédérés sont des fauteurs de troubles !

– Comme papa et moi, peut-être ? répliquai-je, scandalisée.

Réalisant soudain que je perdais les pédales, je me ressaisis :

– C'est dingue qu'on s'énerve comme ça ! Tout le monde prend cette bataille beaucoup trop au sérieux !

– Désolé, Nancy, tu as raison, soupira le chef. Il faut garder la tête froide.

Cherchant à aiguiller de nouveau la conversation sur la bonne voie, je suggérai :

– Mettons que quelqu'un veuille fiche en l'air cette reconstitution… Le meilleur moyen d'y parvenir est de jeter la suspicion sur les deux camps, non ?

– Certes, approuva le chef. Et ce sera notre hypothèse de travail. Je vais m'occuper des indices dont je dispose : le numéro de téléphone mémorisé par le mobile de Wilson, les empreintes sur la boîte noire du feu d'artifice.

Je lui souhaitai bonne nuit et revins vers ma

voiture, toujours plutôt secouée par notre dispute avortée. Si j'étais capable de perdre mon sang-froid avec notre chef de la police, il n'était pas surprenant que les choses aient dérapé avec George et Bess !

J'étais à mi-chemin de notre villa lorsque je m'avisai d'une chose : j'avais oublié de parler de Marcus Hammond. Je me serais donné des gifles ! En plus, j'avais même ses empreintes, ce qui serait sûrement utile à la police ! Il faudrait que j'avertisse le chef McGinnis dès la première heure, le lendemain !

Le téléphone sonnait lorsque je franchis la porte d'entrée.

– J'y vais ! criai-je, espérant avoir affaire à George ou à Bess – qui d'autre aurait pu se manifester à une heure aussi tardive ?

Pourtant, ce fut Evaline Walters que j'entendis au bout du fil.

– Oh, madame Walters ! Alors, vous allez bien ! m'exclamai-je avec soulagement.

– Oui, confirma-t-elle d'une voix tendue. Je réponds à ton message.

Un instant déroutée, je finis par me souvenir de l'appel que je lui avais passé après le crash de la fusée, pour savoir où se trouvait Marcus Hammond. Je m'étais tellement inquiétée au sujet du cyanure que j'avais oublié le sabotage !

Maintenant que je la savais hors de danger, mon instinct me souffla de ne pas parler du poison à Evaline Walters.

– Je voulais m'assurer que M. Hammond vous avait ramenée chez vous saine et sauve, lui dis-je. Il y a eu beaucoup de bousculade au parc.

– Nous sommes partis avant le feu d'artifice, répondit-elle après un temps d'arrêt. Nous avons dîné tranquillement ensemble. Il m'a tenu compagnie pendant toute la soirée. Bonne nuit, Nancy.

Là-dessus, elle raccrocha. Bizarre... Elle m'avait parlé comme un automate !

Alors que je posais le récepteur, papa apparut sous l'arcade voûtée de notre salon :

– Qui était-ce ?

– Evaline Walters. Elle a passé la soirée avec Marcus Hammond. Ils n'étaient pas dans le parc lorsque le feu d'artifice s'est déclenché.

– Tant mieux ! Hannah m'a appris que tu aides la police dans son enquête. Il y a du neuf ?

– Jusqu'ici, non. Mais la déclaration de Mme Walters signifie que Marcus Hammond n'a rien à voir avec le sabotage, j'imagine.

– Tu le soupçonnais ? s'étonna papa.

Je me perchai sur le bord de la table du vestibule et lui racontai l'affaire : l'accident de Mme

Mahoney, les lumières mystérieuses aperçues par Charlie sur le site de la reconstitution, la pierre qu'on avait lancée contre mon pare-brise, l'appel téléphonique qui avait diverti les artificiers, la gourde remplie de cyanure. Se frottant la mâchoire, papa constata :

– Tout ça ne me dit rien qui vaille ! Mais pourquoi crois-tu que Marcus Hammond est en cause ?

– Je n'ai pas grand-chose contre lui, avouai-je. Il semble avoir un autre nom : Martin Halstead ; il habite la ville où vivait la responsable des effets pyrotechniques ; il n'a que des vêtements neufs, comme quelqu'un qui voyage incognito… En fait, je ne le sens pas, ce type !

Mon père ne parut guère convaincu :

– Il se peut que tu tiques sur des éléments anodins parce que tu crains qu'Evaline aille au-devant d'une peine de cœur… De plus, s'il était avec elle ce soir, il n'a pas pu saboter le feu d'artifice.

– Va savoir… Elle avait une drôle de voix. Ce n'est qu'une intuition, mais je jurerais qu'elle n'a pas dit toute la vérité.

– Tu crois Evaline, tout de même ! s'exclama papa. Quel témoin plus fiable pourrais-tu avoir ?

– Elle est amoureuse ! Et l'amour vous

amène à faire des choses bizarres, quelquefois, soupirai-je. Je serais plus tranquille si je pouvais mieux cerner M. Hammond. Je ne parviens jamais à l'interroger. Je vais attendre son arrivée, conclus-je en étouffant un bâillement. Il ne devrait pas tarder.

Allumant la télévision, je m'installai dans le fauteuil de papa tandis qu'il montait se coucher. Il y avait un bon « polar » à voir. Ça me permettrait de patienter, et je serais alertée par le déclic du portail quand notre invité rentrerait.

Je me souviens avec netteté, aujourd'hui, du moment où l'héroïne surgit dans le bureau du détective. Je n'ai pas la moindre idée, en revanche, de la façon dont ce dernier résolut le mystère. Je sombrai dans le sommeil pour en émerger au moment où les premiers rayons du soleil filtraient par les volets. J'entendais retentir la sonnerie du téléphone, et je me levai pour décrocher, plutôt vaseuse, me demandant qui pouvait se manifester à une heure aussi matinale.

– Nancy ! J'espère que je ne t'ai pas tirée du lit !

– *Bess* ! m'exclamai-je, heureuse d'entendre la voix familière. Pas du tout ! Tu peux me téléphoner quand tu veux, de toute façon.

– Écoute, il y a un problème, dit-elle d'une

voix frémissante. Je suis sur le site de la reconstitution. J'aide les infirmières dans l'hôpital de campagne nordiste. Nous venons d'examiner notre matériel, et… quelque chose cloche.

Cette fois, j'étais pleinement réveillée !

– Qu'est-ce qu'il y a ?

– Nous avons des pots d'onguent – une pommade pour aseptiser et calmer les blessures légères. On n'aura sans doute à traiter que des égratignures et de petites contusions, tu comprends… Par curiosité, j'en ai ouvert un et j'ai prélevé un peu de baume avec mon doigt.

– Et alors ?

– Ça s'est mis à me brûler drôlement ! explosa-t-elle, exprimant enfin son angoisse. Nous avons vérifié les autres, c'est pareil : l'onguent brûle et il a une odeur de peinture. Quelqu'un l'a trafiqué, Nancy !

# 10. Un passé douteux

– J'arrive ! dis-je à Bess. Préviens la police !

Je rédigeai un bref billet pour papa, lui demandant de retenir Marcus Hammond à la maison jusqu'à mon retour, par n'importe quel moyen. Ensuite, je me faufilai dans sa chambre pour déposer ce mot sur son chevet. Ni notre invité ni Hannah ne devaient le voir !

Je gagnai ma chambre à pas de loup, m'habillai, me brossai les dents. Quelques minutes plus tard, j'étais dehors, et ne tardai guère à me mettre au volant.

Les routes étaient dégagées, à cette heure. J'arrivai sur le site de la bataille en un temps record. Ayant franchi l'entrée principale, je regardai autour de moi avec ébahissement. Charlie et son équipe avaient bouleversé les lieux, depuis jeudi soir ! Ils avaient créé, entre autres, deux lignes de crête bordées de gros rochers. Je reconnaissais à peine le parc où je randonnais depuis mon enfance.

Il n'y avait pour le moment que peu de véhicules sur le parking. Cela n'allait pas tarder à changer ! La reconstitution des combats était prévue pour onze heures, mais il y avait déjà de l'activité sur le site.

L'hôpital de campagne de l'armée de l'Union, proche du parking, était installé dans une cabane de rangers en rondins. Bess m'attendait devant l'entrée. Superbe dans une robe longue en calicot rose protégée par un tablier blanc, elle ne semblait guère avoir envie de parader, pour une fois. Elle était angoissée, et s'exclama en m'étreignant avec élan :

– Oh, Nancy, je suis si contente de te voir ! Dès que nous avons découvert ce micmac, j'ai tenu à t'appeler. Je te demande pardon, pour l'autre jour, j…

– N'en parlons plus, coupai-je en la serrant contre moi. Nous avons une énigme à résoudre !

Elle m'emmena à l'intérieur de la cabane, devant une table en métal où s'alignaient des rangées de petites fioles en céramique blanche, à l'ancienne. Ayant tâté du bout du doigt le contenu d'un pot ouvert, je constatai, en effet, que le baume brûlait au contact et sentait le goudron de bois.

– *Térébenthine caustique*, dis-je. On en trouve dans n'importe quel bazar.

Un officier de police, qui s'entretenait dans un coin avec l'infirmière en chef, éleva la voix :

– C'est aussi ma déduction. Nous expédierons un échantillon au labo pour nous en assurer.

Bess tressaillit.

– Est-ce mortel ? voulut-elle savoir.

– Pas en application externe, répondis-je. Dans le pire des cas, on est quitte avec une sévère irritation.

– Alors, nous n'avons pas affaire à un criminel, soupira Bess, soulagée.

– Je n'en jurerais pas. Cette mixture ne tuera personne, soit. Mais va savoir ce que le coupable nous réserve encore…

Là-dessus, je mis mon amie au courant des faits qu'elle ignorait.

– Fuiou ! Il suffit qu'on soit brouillées pendant deux jours pour que tu te retrouves avec les pires problèmes sur les bras, commenta-t-elle avec une émotion visible.

– J'aurais aimé avoir ton aide, avouai-je.

– Eh bien, tu l'as maintenant.

Comme je sentais des larmes me picoter les yeux, je me hâtai de revenir à notre affaire :

– D'où vient ce baume, Bess ?

L'infirmière en chef entendit ma question et nous rejoignit en précisant :

– D'un laboratoire, qui nous le livre par gros bidons de quatre litres. C'est un produit que nous utilisons régulièrement à l'hôpital de River Heights. Nous l'avons conditionné dans ces pots pour faire plus authentique.

– J'ai vérifié l'onguent qui reste dans le bidon, ajouta Bess. Il paraît normal.

– Beaucoup de gens travaillent ici ? m'enquis-je, balayant les lieux d'un regard circulaire.

– Il y a six personnes dans la première équipe, dit l'infirmière en chef. Mais nous étions au moins vingt-cinq lorsque nous avons rempli les fioles, hier. N'est-ce pas, Bess ?

Mon amie acquiesça :

– On avait du pain sur la planche, tout le monde était occupé. Aucun de nous n'observait vraiment ses voisins.

– J'ai donné aux policiers la liste de ceux qui étaient présents d'un bout à l'autre de l'opération, reprit l'infirmière en chef. On va les interroger, j'imagine.

À cet instant, la voix de Mme Mahoney se fit entendre sur le seuil :

– Je suis venue dès que j'ai su. Il ne manquait plus que ça !

Elle entra avec vivacité, parée d'une robe ancienne en lainage gris tourterelle. Même dans les moments cruciaux, elle a soin d'être impeccablement vêtue !

La veille, elle était à l'hôpital. Je l'interrogeai cependant sur les diverses personnes qui avaient eu accès à l'onguent.

Soudain, du coin de l'œil, je vis entrer Evaline Walters, dans une robe en coton brun très simple – l'uniforme des infirmières de la guerre de Sécession, sans doute.

– Evaline, ma chère ! lui lança Mme Mahoney. Vous étiez ici, hier. Venez donc raconter à Nancy ce que vous avez observé.

Mme Walters s'avança, l'air véritablement *terrorisée*. Cela me fit un choc. Je la connaissais depuis toujours ! Pourquoi aurait-elle eu peur de moi ?

– Je ne me suis pas chargée de cette opération, dit-elle. Mais j'ai assisté à l'arrivée de Nathan Emory avec les pots.

– Nathan Emory ? fis-je en tressaillant.

Ce fut Bess qui précisa :

– Oui. Il en a apporté une boîte pleine.

– Il m'a informée voici quelques jours qu'il disposait d'un certain nombre de fioles d'époque, expliqua alors Mme Mahoney. J'ai pensé que ça ajouterait une note d'authenticité formidable à notre hôpital de campagne, et j'ai passé commande. Je crois bien avoir conservé sa carte professionnelle, d'ailleurs.

L'« ancienneté » des flacons d'Emory était à mon avis sujette à caution ! Je me gardai cependant d'en faire l'observation tandis qu'elle tirait de son sac une carte de visite au nom d'Emory Armurerie. Alors que je jetais dessus un coup d'œil distrait, quelque chose retint mon attention. J'eus un léger coup au cœur et m'exclamai :

– Postdam ? Dans l'État de New York ? Son siège est là-bas ?

Evaline Walters avait pâli. De toute évidence, ce nom l'avait frappée : c'était celui de la ville où habitait Hammond.

– Qu'y a-t-il, Nancy ? voulut savoir Mme Mahoney. Nathan Emory est un spécialiste reconnu de la guerre de Sécession, tu sais. Tu ne le soupçonnes tout de même pas d'avoir trafiqué notre onguent ?

– Madame Mahoney, la gourde qu'il vous a offerte était-elle vide quand il vous l'a remise ?

– Ma foi, elle semblait l'être, répondit-elle

d'un air interloqué. Je ne l'ai pas tenue très longtemps à la main, cependant. Evaline, la gourde contenait-elle quelque chose ?

Cette fois, Evaline Walters devint livide :

– Non… pas lorsque vous me l'avez donnée.

– Pourquoi cette question, Nancy ? s'enquit Mme Mahoney.

Je révélai sans détour :

– Parce que nous avons retrouvé cette gourde sur le terrain de pique-nique. Pleine d'eau additionnée de cyanure.

Mme Walters émit un cri étranglé. Mme Mahoney s'informa :

– Quelqu'un en a bu ?

– Seulement un malheureux chat. Du moins, en l'état actuel de nos informations.

Le policier nous aborda pour prendre Mme Mahoney à part et l'interroger. Evaline Walters me tira alors par la manche, m'avouant d'une voix altérée :

– Nancy… écoute, Marcus était ici, hier.

Ses yeux sombres étaient posés sur moi avec franchise, à présent. Je demandai doucement :

– Il mettait le baume dans les fioles, c'est ça ?

Elle hocha la tête, et ses yeux se remplirent de larmes. Je ne pus retenir un soupir.

– Nathan Emory habite Postdam, dis-je.

C'est là que M. Hammond vit aussi, n'est-ce pas ?

De nouveau, elle acquiesça.

– Je crois qu'ils s'y sont rencontrés, précisa-t-elle.

– Nathan Emory semble le connaître sous le nom de Martin Halstead, fis-je observer avec circonspection.

– Je… je ne suis pas au courant.

– Qui est en réalité Marcus Hammond ? insistai-je.

Elle hésita, posant sur Bess et sur moi un regard implorant :

– Marcus ?… Je le connais depuis des années, mes petites ! Enfin, je l'ai connu il y a vingt-cinq ans. Il n'a passé qu'un an ou deux à River Heights, et nous sommes sortis ensemble pendant six mois, révéla-t-elle d'un air ému. Il était charmant, sensible, drôle… Ce fut une folle rencontre, comme on dit. Et puis…

– Je vous écoute, fis-je.

– Marcus avait une petite entreprise de construction. M. Mahoney – cet homme sans cœur – lui a fait perdre son affaire. J'ai encouragé Marcus à démarrer une autre activité, mais il était si amer qu'il a quitté la ville, en prenant tout juste la peine de me dire au revoir. Il m'a promis de me transmettre son adresse quand il serait installé. Il ne s'est plus jamais manifesté. On aurait dit qu'il s'était volatilisé.

Les yeux humides, Bess s'exclama :

– Cela a dû être affreux pour vous !

Mme Walters continua avec un haussement d'épaules :

– J'ai attendu quelque temps… et puis, la vie a repris ses droits. J'avais mes amis, ma maison, ma carrière. J'ai cessé de penser à lui.

– Jusqu'à ce que…, enchaînai-je pour amorcer la suite.

Elle eut un soupir :

– En avril dernier, sans crier gare, j'ai reçu un prospectus de sa nouvelle entreprise de recherches généalogiques en ligne. J'ai envoyé un mail, curieuse de savoir s'il s'agissait du Marcus Hammond que j'avais fréquenté. C'était bien lui. Il a suggéré qu'il pourrait faire des affaires et venir ici en visite, si River Heights organisait une reconstitution. Cela a réveillé d'anciens souvenirs. Je me suis mise à enquêter sur la guerre de Sécession, pour trouver une bataille que nous pourrions reproduire.

– Et on connaît la suite, lâcha Bess, le regard perdu dans le vague.

Elle était en pleine rêverie romantique ! J'avais des préoccupations plus pragmatiques, et je demandai :

– À son arrivée, Marcus vous a-t-il semblé le même ?

– Oui et non… Il savait toujours se montrer charmant. Mais, chaque fois qu'il entendait prononcer le nom de Mahoney, il réagissait de manière exagérée. Il a tenu à ce que je serve de courroie de transmission avec la Société historique pour ne pas avoir affaire à Mme Mahoney. En débarquant ici, mercredi dernier, il m'a appris que Josiah Mahoney était un déserteur. Il a insisté pour que je divulgue cette information.

– Il voulait mettre Mme Mahoney dans l'embarras, conclut Bess.

Baissant le ton, Evaline Walters précisa :

– Il espérait la neutraliser pour faciliter ses transactions à River Heights. J'avoue que j'ai cru à son prétexte. J'étais moi-même un peu vexée : j'avais effectué toutes les recherches sur Black Creek, et c'était à elle qu'on en attribuait le mérite.

– Hier, elle s'est montrée très élégante à ce sujet, lui rappelai-je.

Elle dit avec nervosité, en se tordant les mains :

– J'avais la tête farcie des opinions de Marcus ! Et il se montrait si attentionné que ça m'a tourneboulée.

Son regard se perdit dans le vague :

– Je viens de passer quelques jours enivrants, Nancy, je l'admets. Pourtant, hier soir, Marcus est allé trop loin : il a exigé que je te mente.

Je devinai d'emblée :

– Il n'a pas passé toute la soirée avec vous, c'est ça ?

Elle fit signe que non :

– Quand Mme Mahoney m'a donné la gourde, il a paru bouleversé et me l'a ôtée des mains. Ensuite, il a insisté pour qu'on quitte le pique-nique. Il m'a déposée chez moi et est reparti en voiture. J'étais blessée, je suis allée faire une longue balade pour m'apaiser. Au retour, j'ai trouvé Marcus devant chez moi. Il a exigé que je te téléphone pour lui fournir un alibi.

– Un *alibi* ? lâcha Bess. C'est le mot qu'il a employé ?

Fermant convulsivement les paupières, Evaline continua :

– J'ai fait ce qu'il voulait. Ensuite, je n'ai pas pu trouver le sommeil, son comportement m'obsédait. Sa haine des Mahoney lui a déformé l'esprit ! Quand j'ai su tout ce qui s'est produit – le baume trafiqué, la gourde pleine de poison, le nom d'emprunt de Marcus –, j'ai compris qu'il n'est pas tel que je le croyais. S'il projette quelque chose de mal, je t'aiderai à le piéger, Nancy !

Bess lui entoura les épaules de son bras pour la réconforter, tandis que je m'éloignais au-dehors pour téléphoner chez moi à l'aide de mon mobile. Le parking était encombré de voitures, à présent. Des dizaines de gens en uniforme militaire arpentaient la pelouse, se mettant en condition pour la reconstitution de la bataille.

Dès que papa décrocha, je m'empressai de lui demander :

– M. Hammond est toujours là ?

Il répondit après un temps d'arrêt :

– Désolé, Nancy. J'ai bien lu ton mot. Mais, lorsque je suis descendu le harponner, il était parti.

– *Parti* ? fis-je avec un coup au cœur.

– Il a pris la tangente, oui ! Il a emporté ses bagages hier, juste avant le pique-nique, en ne laissant qu'un mot dactylographié.

– Garde-le pour la police, papa. Je crois que nous tenons notre coupable !

Une heure plus tard, j'étais en conversation avec le chef McGinnis devant l'hôpital de campagne nordiste.

– Chef, plaidai-je, Marcus Hammond a mis

plusieurs vies en danger ! Personne n'a encore été sérieusement blessé, d'accord. Ce n'est pas une raison p…

– Nancy, nous n'avons aucune preuve de sa culpabilité ! me coupa-t-il. Écoute, je consens à lancer un avis de recherche à toutes les patrouilles. Mes hommes l'intercepteront avant qu'il quitte la ville. En revanche, je refuse de reporter la reconstitution. Trop de gens se sont démenés pour la mener à bien, on ne peut pas les décevoir !

– Mais je ne vous demande pas de l'annuler, chef ! Seulement de la commencer plus tard pour vous permettre de prendre des précautions supplémentaires.

Il me décocha son regard le plus noir :

– Nous avons pris toutes les mesures de sécurité nécessaires, mademoiselle Drew ! La reconstitution débutera dans une heure comme prévu. Au revoir.

Et il s'éloigna d'un pas rapide vers sa voiture de patrouille.

Ce qu'il peut être énervant, quand il m'appelle « mademoiselle Drew » ! J'ai horreur de ça !

Pour couronner le tout, Deirdre Shannon apparut dans mon champ de vision.

– Ça démarre dans une heure et tu n'es pas encore en tenue ! râla-t-elle en m'abordant.

Elle s'était décidée pour un uniforme marron roux, qui allait très bien, en effet, avec ses cheveux noirs. De toute évidence, elle avait fait mettre à ses mesures le pantalon flottant et la vareuse informe, qui épousaient maintenant les formes de son corps.

Je m'apprêtai à lui annoncer que je ne participerais pas à la reconstitution des combats, puis je me ravisai. Puisque le chef McGinnis ne voulait pas retarder la bataille, notre saboteur avait maintenant les coudées franches. Et où était-il le plus susceptible de frapper, si ce n'était sur le « site de Black Creek » ?

Quant à mon uniforme, il gisait dans le coffre de mon hybride depuis le jeudi précédent. J'avais eu l'esprit si occupé que je l'avais presque oublié.

– Ma tenue militaire est dans ma voiture, dis-je. Où peut-on se changer ?

Deirdre m'indiqua une tente, et j'allai y passer mon costume. Mon uniforme gris typique, chiffonné et trop large, n'était certes pas aussi flatteur que le sien ! Je m'en moquais pas mal ! Dès que je fus prête, je regardai autour de moi, prenant des repères. Je n'avais pas oublié que les organisateurs avaient projeté de mettre en terre des charges pyrotechniques près du dépôt de munitions, pour en simuler l'explosion. C'était un endroit tout désigné pour provoquer du grabuge !

– Où se trouve l'arsenal confédéré ? m'enquis-je.

– Là-haut, du côté du bois, me dit-elle en ponctuant du geste cette information. Allons chercher une arme, Nancy ! J'adorerais avoir une de ces grandes épées argentées. Ce serait super avec mon costume, non ?

– On n'a pas droit à un *sabre* quand on est fantassin, Deirdre. Pour ça, il faut être dans la cavalerie, expliquai-je, dissimulant mon agacement.

J'avais besoin d'une alliée sur le théâtre des opérations. Comme George et Bess étaient loin, dans le camp nordiste, et que Ned n'était pas parmi les combattants, puisqu'il était pacifiste, je ne pouvais faire appel qu'à Deirdre. Je devais m'y résigner !

L'arsenal sudiste était un hangar tout en longueur et sans fenêtres, rempli de fusils à louer pour la journée. Des dizaines et des dizaines de gens en uniforme confédéré y entraient ou en sortaient, occupés à s'équiper. Je choisis un fusil – une copie médiocre, éraflée, très inférieure aux superbes répliques de Nathan Emory. M'écartant des casiers d'armes, je m'exerçai à viser et à porter des coups avec la baïonnette mal assujettie. Il n'y avait pas de quoi épouvanter l'ennemi dans un pareil jouet !

Tout à coup, Deirdre énonça non loin de moi :

– Qu'est-ce que c'est que ça ? Bizarre…

Je la rejoignis au fond du hangar, où l'on avait laissé un tas d'épées en fer-blanc. Dans un coin, deux caisses en bois dépassaient d'une bâche, comme si on les avait hâtivement dissimulées sous la toile.

Nous les examinâmes.

– Je me demande ce qu'il y a dedans, fis-je.

Je me penchai sur une des caisses, et en forçai l'ouverture.

Je vis alors des balles de plomb, bosselées et luisantes, alignées en rangs serrés. De *vraies* balles.

Quant à la boîte, elle était à moitié vide.

# 11. Mauvaise surprise

– De vraies balles ? s'étonna Deirdre. Je croyais qu'elles étaient interdites ! Que c'était une reconstitution sans danger !

– C'est le cas, confirmai-je. Quelqu'un a dû les apporter ici clandestinement.

– Mais pourquoi ?

Décidément, elle avait l'esprit lent !

– S'il est Sudiste, et que son fusil contienne de vraies balles, il peut faire feu sur les combattants de l'Union sans craindre de riposte, puisque ceux-ci ne sont pas réellement armés. S'ils sont touchés, ils iront dans l'hôpital de campagne nordiste, où une infirmière leur donnera les premiers soins avec un onguent nocif. Il n'y a pas à dire, c'est un plan bien ourdi ! Notre coupable n'a même pas besoin d'être bon tireur pour faire des ravages.

Elle écarquilla les yeux :

– Pourquoi les Nordistes utiliseraient-ils un onguent nocif ?

– Parce qu'on a trafiqué le leur. Bess l'a découvert ce matin.

– Alors, on ne risque plus rien, fit Deirdre, soulagée.

– De ce côté-là, non. Mais il y a d'autres dangers ! Si un fou erre dans les parages avec une provision de balles, prêt à tirer sur d'innocents figurants...

– Imagine qu'ils soient plusieurs... qu'un Nordiste aussi soit dans le coup, avec les mêmes intentions ! s'exclama Deirdre.

J'eus un coup au cœur. J'avais envisagé l'hypothèse d'un saboteur unique. Mais Deirdre avait raison : il pouvait s'agir d'une conspiration !

– Nous devons les arrêter par tous les moyens, décidai-je. Tu veux bien prendre quelques-unes de ces balles pour les montrer au chef McGinnis, DeeDee ? Ça le convaincra peut-être enfin de retarder cette reconstitution !

Je réalisai un peu tard que le surnom de Deirdre m'avait échappé. Pour une fois, elle ne parut guère s'en formaliser. Elle était prête à m'aider, au contraire ! Je m'étais disputée avec George et Bess, et voilà que Deirdre collaborait avec moi... Décidément, c'était le monde à l'envers...

Nous montrâmes notre trouvaille au fournisseur d'équipements qui supervisait la location d'armes. Je vis à son air choqué qu'il ignorait la présence des balles. Il ordonna aussitôt qu'on les fasse emporter. Puis, tandis que je questionnais le personnel de l'arsenal, Deirdre courut alerter le chef McGinnis.

Le garde de service m'apprit qu'il avait ouvert la porte à neuf heures du matin, et jura que le hangar était resté verrouillé depuis vingt heures la veille au soir. D'autres employés déclarèrent qu'il n'y avait alors rien dans le recoin où nous avions trouvé les balles. Après un interrogatoire plus poussé, cependant, il s'avéra qu'aucun d'eux ne pouvait en répondre formellement.

J'allai examiner le dispositif antivol. Comme je m'en doutais, il n'avait rien de sophistiqué, car il n'y avait pas d'objets de valeur à protéger dans l'arsenal temporaire. Ce n'était qu'un cadenas à combinaison, glissé dans un solide moraillon. Je le soulevai et constatai que son chrome était éraflé.

– Quelqu'un a tenté de le forcer, dis-je. S'il y est parvenu, il a très bien pu cacher ces balles ici la nuit dernière, puis le refermer en partant.

Je passai en revue dans mon esprit les informations dont je disposais sur les allées et venues de mes suspects, la veille. Nathan Emory n'avait aucun alibi entre huit et dix heures – de l'instant où il avait remis la gourde à Mme Mahoney à celui où la police l'avait amené sur le site. Quant à Marcus Hammond, personne ne l'avait aperçu après huit heures, jusqu'au moment où il s'était présenté chez Mme Walters. Pendant ce laps de temps, il avait eu tout le loisir de s'introduire dans le hangar pour y dissimuler une caisse de balles.

Je quittai l'arsenal et redescendis la pente, fouillant dans ma poche pour en extirper mon mobile. Soudain, je me rappelai que les organisateurs nous avaient demandé de ne pas apporter ces objets modernes. Comment la bataille aurait-elle pu sembler authentique, si les combattants s'étaient arrêtés dans leur élan pour prendre leurs communications ?

Riche idée, mais, du coup, je me retrouvais réduite à l'impuissance ! Je n'avais plus qu'à patienter près du hangar en attendant que Deirdre se pointe – flanquée, si possible, du chef McGinnis, prêt à coopérer... Il y avait sûrement mieux à faire !

La cohue régnait à présent sur le site. Le parking et le champ d'en face, réquisitionné pour remplir le même office, étaient envahis de voitures. Dans les allées d'accès, ce n'était qu'un va-et-vient incessant d'uniformes bleus de l'Union et d'uniformes gris ou marron des Rebelles. Les gens discutaient, échangeaient des plaisanteries. Cependant, au carrefour où ces allées se divisaient, les figurants en bleu se séparaient des autres, marchant vers leur camp : graves et contenus, les « soldats » entraient dans la peau de leurs rôles.

Certains armuriers avaient monté des stands sur la bordure herbeuse du parking. Je repérai celui d'Emory Armurerie. Comme Nathan l'avait dit lui-même, c'était un jour où il pouvait faire du chiffre, et une queue impressionnante s'allongeait devant son étalage. Vu le piètre aspect des armes louées qu'on nous avait remises, les combattants préféraient sans doute acheter de plus belles pièces. Ils seraient frustrés : il fallait vingt-quatre heures pour recevoir un permis – alors qu'il n'était pas nécessaire d'en avoir pour les fusils distribués, tous chargés à blanc. Il est bon qu'il existe des dispositions de ce genre : ainsi, les armes ne tombent pas en de mauvaises mains. Néanmoins, ces précautions ne sont pas incontournables…

Quant aux fioles, la police avait sans doute interrogé Emory là-dessus. Mais il n'était pas plus mal d'effectuer une contre-vérification !

Je me dirigeai donc vers le stand d'Emory, qui me vit venir et se raidit. Je n'étais pas la bienvenue ! Aucune importance. Il en faut plus pour m'arrêter !

– Monsieur Emory, lançai-je, vous êtes au courant de ce qui s'est passé à l'hôpital nordiste ?

– J'ai parlé aux policiers, grommela-t-il. Ces fioles étaient inoffensives lorsque je les ai livrées, je t'en donne ma parole.

Il continua à l'adresse d'un acheteur :

– Cent quatre-vingt-cinq dollars. Et il me faut une carte d'identité et une photocopie de votre permis de port d'armes… Oui, je prends les cartes de crédit.

Je contournai son stand pour continuer la conversation tandis qu'il introduisait la carte bancaire dans la machine.

– Et ça ? fis-je, sortant de ma poche pour la lui montrer une des balles de l'arsenal.

Il jeta d'abord dessus un coup d'œil en biais, avec une mimique agacée. Voyant de quoi il s'agissait, il ne put réprimer un tressaillement :

– D'où est-ce que ça sort ?

– Elle ressemble à celles que vous vendiez dans le souk, non ? Jusqu'à ce que les organisateurs vous l'interdisent.

– Je n'ai pas apprécié qu'ils me tapent sur les doigts, reconnut-il. Les gens savent que les vraies balles sont interdites dans une reconstitution. Ce n'est pas au vendeur de faire la police ! Cependant, j'ai retiré les balles Minié de mon étalage, comme on me l'a demandé.

J'accusai le choc :

– Des balles *Minié* ?

– Oui, c'est ainsi qu'on les appelle, du nom de leur inventeur français. Ce sont les premiers projectiles spécialement conçus pour un fusil. Avec les anciens mousquets, on utilisait des balles rondes, tu comprends. Ces balles-ci sont oblongues avec une base aplatie ; elles se dirigent vers leur cible avec plus de précision. Elles sont deux fois plus létales que des balles de mousquet. Grande innovation, fit-il en me restituant la munition avec un air de suffisance.

Je devais reconnaître qu'il était fort dans sa partie. Mais où et quand avais-je déjà entendu parler de balles Minié ? Ah, si seulement j'avais pu m'en souvenir !

– On peut s'en procurer en toute impunité, il n'y a aucun moyen d'en retracer la provenance. Au souk, je n'en ai pas vendu, affirma-t-il.

Ayant marqué un temps d'arrêt, il avoua en baissant la voix :

– Soit, j'en ai écoulé une ou deux boîtes à titre privé. Mais où est le mal ?

Je me rappelai soudain les ventes sur le parking, et m'exclamai :

– Vous les avez cédées à Marcus Hammond !

– Hammond ? fit-il en fronçant les sourcils. Pas du tout ! À Martin Halstead, un type que j'ai rencontré dans ma ville et qui connaît la règle à respecter dans les reconstitutions, je pense. D'ailleurs, il a affirmé que c'était juste pour s'entraîner au tir à la cible dans son arrière-cour…

Il s'arrêta net en voyant l'expression de mon visage, et demanda :

– Au fait, d'où tiens-tu ces munitions ?

À voix basse, pour ne pas affoler les proches clients, je révélai :

– On les a trouvées ce matin dans l'arsenal nordiste.

Cette fois, j'avais vraiment capté l'attention d'Emory, qui précisa :

– Je lui en ai vendu deux caisses pleines.

Un lourd soupir m'échappa :

– Vous dites avoir rencontré Hammond… euh, Halstead, dans votre ville ?

– À Postdam, oui. Je ne le connais pas très bien, en réalité. Il est entré dans ma boutique en avril dernier pour avoir des informations sur les reconstitutions.

Avril ! L'époque où il avait suggéré à Evaline Walters l'idée d'une reconstitution !

– C'est lui qui m'a mis sur le coup de Black Creek, continua Emory. Je l'ai pris pour un organisateur. J'ai cru pouvoir lui faire confiance.

– Eh bien, vous avez commis une double erreur, déclarai-je.

– Je vais lui dire deux mots de mon cru ! s'emporta Emory, serrant les poings. Il nuit à ma réputation ! Où est-il, ce salaud ?

– Nous l'ignorons. La police a lancé un avis de recherche. En fait, je supposais que vous saviez peut-être où il se trouve.

– Il est hébergé quelque part en ville, paraît-il. Mais j'ignore chez qui.

J'accusai le coup. Dire que Hammond avait habité chez nous ! Qu'il avait pris la poudre d'escampette à mon nez et à ma barbe ! Je n'avais pas été fichue de le neutraliser !

– Si je tombe sur lui, je le ferai coffrer, sois tranquille ! s'écria Emory. Ces reconstitutions sont mon gagne-pain. Si l'une d'elles tourne mal, mes affaires vont péricliter. Et je n'y tiens pas !

Pour une fois, j'eus le sentiment de pouvoir compter sur lui. Je lui communiquai le numéro spécial de la police, pour le cas où il apercevrait Hammond. Puis je me remis en quête de notre « ennemi public ».

Marcus Hammond avait dit s'être engagé dans le 4e Régiment confédéré du Mississipi. D'après la carte topographique qu'on nous avait distribuée à l'entrée, son quartier général se trouvait au pied de la pente menant à l'arsenal. Je me dirigeai dans cette direction.

Dans le camp du 4e du Mississipi, des dizaines de soldats gris et bruns, au milieu des tentes, vérifiaient leurs fusils, remplissaient des gourdes, faisaient frire du bacon et grillaient du pain au bout de longues fourches, au-dessus de petits feux de camp. Le spectacle me donnait l'impression d'avoir remonté le temps.

– Nancy ? lança une voix derrière moi.

Je fis volte-face en tressaillant et découvris Todd Willetts qui boutonnait sa vareuse.

– Todd ! m'exclamai-je avec surprise. Tu diriges ce régiment confédéré, finalement ?

– J'espère que les organisateurs me revaudront ça ! Dans cet uniforme, j'ai l'impression d'être un renégat, je t'assure. Ce sera bizarre de tirer contre des Nordistes !

– En tout cas, je suis contente de te voir ! Je cherche un soldat de ce régiment que tu connais, je crois : Marcus Hammond. Il se fait aussi appeler Martin Halstead.

– Le type des recherches généalogiques ? Je l'ai rencontré dans une autre reconstitution. Je l'ai aperçu dans le souk, mais il n'a participé ni à nos réunions ni à nos manœuvres. Attends que je vérifie.

Il prit un bloc-notes et le feuilleta :

– Il ne figure sous aucun de ces noms sur ma liste. Tu es certaine qu'il s'est enrôlé ?

– Je ne suis sûre de rien en ce qui le concerne, soupirai-je. Il pourrait être n'importe où sur ce champ de bataille.

Je consultai ma montre, consciente que le temps pressait.

– Heureusement, il n'est encore que neuf heures et demie, lâchai-je.

Todd sortit une antique montre en argent, à remontoir, dont il souleva le clapet pour brandir le cadran sous mon nez :

– Neuf heures et demie ? Onze heures moins le quart, tu veux dire !

Décidément, j'avais tort d'être si attachée à

la montre de ma mère. Elle retarde constamment ! Pour le coup, il y avait urgence !

Todd reprit :

– Bonne chance pour trouver Martin ! Quand la bataille commencera, ce sera le chaos, ici. Si je tombe sur lui, je le préviendrai que tu le cherches.

– Tu ferais mieux de le neutraliser et de le remettre à la police. Nous le soupçonnons d'avoir un fusil chargé de vraies balles. Et l'intention de s'en servir.

– Quelle ordure ! Si j'en ai l'occasion, je le ferai flanquer sous les verrous ! Il faut que je place mes troupes en ordre de combat, maintenant, Nancy. Désolé. Mais je vais ouvrir l'œil !

Je le remerciai et m'éloignai en courant. Le plus sûr moyen de capturer Hammond était de lancer un maximum de personnes à ses trousses. J'avais maintenant trois alliés : Bess, Nathan Emory, Todd Willetts. Il me fallait du renfort dans le camp nordiste ! Je devais à tout prix alerter George !

Consultant ma carte, je cherchai le 12e Régiment du Michigan, dont elle faisait partie. Son campement était situé à l'autre bout du parc, près de l'à-pic de la rivière. J'avais le temps de traverser le site des combats avant le début des opérations, et je partis à l'assaut de la colline au pas de course.

J'avais à peine franchi une cinquantaine de mètres lorsqu'un coup de canon retentit dans les remblais tout proches.

J'entendis Todd Willetts crier :

– En avant !

Un de ses officiers enchaîna :

– Marche !

La bataille venait de commencer – avant l'heure prévue !

# 12. Au cœur de la mêlée

De là où j'étais, à mi-pente, j'avais une vue panoramique sur plusieurs régiments : dans leurs campements respectifs, les soldats se mettaient hâtivement en formation de bataille, sans se demander s'il s'agissait du signal officiel. Ils étaient trop occupés à rejoindre les rangs !

Ma montre s'était maintenant arrêtée – comme d'habitude. Je ne pouvais donc pas vérifier l'heure. J'étais pourtant sûre que les hostilités débutaient en avance ! Il n'y avait qu'à voir la désorganisation des troupes !... Quoi qu'il en soit, la reconstitution était déclenchée, et je ne voyais pas le moyen de l'arrêter.

Je me mis à courir comme une dératée : si je voulais franchir les lignes nordistes avant les premiers coups de feu et trouver George, je devais battre des records !

Je traversai le bois comme une flèche, franchis la première crête rocheuse artificielle. J'eus bientôt sous les yeux une vallée encaissée, traversée tout en bas par un cours d'eau : Charlie et son équipe avaient reconstitué la topographie de Black Creek, l'endroit où s'étaient déroulés les plus rudes combats au corps à corps.

Je ne voyais pas de soldats de l'Union, pour l'instant. Pourtant, certains d'entre eux se cachaient sans doute déjà derrière les gros rochers artificiels de la crête opposée : ils y disposaient de planques parfaites pour canarder les Sudistes au moment où ceux-ci franchiraient la crête d'cn face.

J'eus pitié des Confédérés. Passé le remblai, ils devenaient des cibles faciles pour les tireurs d'élite. Il n'était pas évident de monter à l'assaut d'une colline truffée d'ennemis, même si on était convaincu qu'ils n'avaient que des armes chargées à blanc. Les authentiques soldats de Black Creek avaient eu affaire à des balles réelles ! Il fallait du cran pour ça !

Et voilà que, si mes soupçons étaient justes,

les Sudistes d'aujourd'hui affronteraient à leur insu de véritables balles !

Je repérai soudain un groupe de gens le long du ruisseau artificiel : ils grimpaient la pente au pas de charge. Porte-voix en main, le chef McGinnis tenait la tête. Derrière lui, Pam Mattei et son équipe d'artificiers, équipés de casques, s'efforçaient de soutenir l'allure.

– Stop ! tonna le chef. Soldats, arrêtez-vous ! Ce n'était pas le signal !

Sa voix amplifiée se répercuta dans la vallée. Mais, depuis les hauteurs, elle était faible et lointaine. Les troupes massées sur l'autre versant n'auraient jamais pu l'entendre : elle ne pouvait pas dominer la trépidation des troupes en marche et le fracas des coups de canon.

Je me mis à dévaler la colline, bondissant témérairement de rocher en rocher. Je devais à tout prix rejoindre le chef !

Pam Mattei l'avait saisi par un bras et semblait discuter vivement. Parvenue à portée de voix, j'entendis :

– … sur un dispositif de minutage. Si nous effectuons un redémarrage, les explosions auront lieu trop tôt par rapport au déroulement prévu. Les troupes risquent de se trouver encore sur place au moment des déflagrations.

– Il est impossible de reprogrammer les

charges, l'appuya Wilson, son chef d'équipe. L'allumage a déjà été enclenché.

Le chef, qui semblait songeur, m'entrevit du coin de l'œil et se tourna vers moi :

– Deirdre m'a montré les balles Minié, Nancy. Tu avais raison. Nous devons arrêter ça immédiatement !

Là-dessus, il me lança un regard presque contrit. C'était bien la première fois !

Wilson reprit :

– Quelqu'un a tiré un coup de canon qui n'était pas prévu. Mais qui aurait pu s'en rendre compte ? Pour Dieu sait quelle raison, on a donné le signal de l'assaut plus tôt que prévu. Il n'y a pas de retour en arrière.

À l'instant même où il achevait sa phrase, une balle à blanc siffla aux oreilles du chef McGinnis. Il tressaillit, livide, le regard dilaté par la peur, en dépit de ses réflexes de policier aguerri.

Je scrutai la crête rocheuse, repérant quelques canons de fusil pointés.

– Je dois rejoindre le camp nordiste, chef ! dis-je. Nous devons faire passer le mot : il faut stopper Marcus Hammond.

– Marcus Hammond ? s'exclama Pam Mattei, m'agrippant par un bras. Tu sais où il est ?

Ignorant son implication réelle dans toute cette affaire, je restai prudente : je lui criai par-dessus le fracas des combats :

– Vous l'avez connu à Postdam ?

Elle hurla alors au chef :

– Le type que je traque, Halstead – il semble se faire appeler Hammond, par ici !

Éberluée, je lâchai :

– Vous le *traquez* ?

– Mlle Mattei travaille en sous-marin pour le FBI, me révéla le chef McGinnis. C'est ce que j'ai appris hier soir.

Il était visiblement offusqué et furieux de ne pas avoir été averti plus tôt !

– Peu de gens connaissent Hammond, chef ! Il faut alerter ceux qui ont déjà vu sa tête ! Je veux prévenir George. Elle sait à quoi il ressemble, affirmai-je.

Je fouillai cependant ma mémoire : lorsqu'il m'était arrivé de croiser Marcus Hammond, mon amie s'était-elle trouvée avec moi ?

– Tu veux aller dans le camp nordiste ? Avec ton uniforme gris ? rétorqua le chef. Tu te feras tirer dessus !

– Ils n'ont que des charges à blanc !

– Et si un de leurs tireurs est Marcus Hammond ?

Je répondis en serrant les mâchoires :

– J'irai le plus vite possible en me courbant en deux.

– Décidément, je me demande pourquoi j'insiste, soupira le chef, il n'y a jamais moyen de t'arrêter. C'est bon, Nancy, vas-y. Mais sois très prudente ! De notre côté, nous ferons le maximum. N'est-ce pas, Mademoiselle Mattei ?

Elle acquiesça et me mit en garde :

– Le chef McGinnis a raison, Nancy. Fais très attention !

Je partis aussitôt : j'enjambai l'étroit ruisseau et, à demi accroupie, amorçai l'ascension du versant opposé de la cuvette. Au-dessus de moi, une vague de Rebelles déferlait maintenant au-delà de la crête. Les soldats de l'Union n'avaient d'yeux que pour eux et braquaient leurs fusils dans leur direction. Avec un peu de chance, je ne serais pas repérée !

Progressant d'arbre en buisson, et de buisson en arbre, je maintins le cap au sud des combats. Mon esprit était focalisé sur Marcus Hammond. Pam Mattei et Nathan Emory étant lavés de tout soupçon, il ne me restait qu'un suspect : Hammond. Il n'avait pas d'alibi, et il avait eu l'opportunité de commettre tous les méfaits dont nous le suspections. Quel était son mobile ? Mystère. Cela serait éclairci plus tard, lorsqu'il serait entre les mains de la police.

Je parvins à la lisière d'un amas de rochers artificiels : Charlie et son équipe avaient réalisé des imitations stupéfiantes ! Je me glissai dans une étroite crevasse et regardai au-delà, vers le nord.

Des tireurs d'élite nordistes, à plat ventre, braquaient leurs fusils vers la saillie rocheuse. Plus loin en contrebas, six ou sept canons étaient pointés vers le sommet de la colline. Massés près de chacun d'eux, des groupes de cinq ou six hommes enfournaient des boulets dans les gueules.

Le plus proche tireur, un jeune homme solidement bâti, m'aperçut. Il tressaillit de peur. J'élevai les mains pour lui faire voir que je n'étais pas armée. Mais il pointa tout de même son fusil sur moi et pressa la gâchette. Il y eut une déflagration sèche, et un petit nuage de fumée s'éleva de son canon.

Agitant une main dans sa direction, je me mis à courir. Il me cria :

– Hé ! Tu dois t'écrouler au sol !

Au lieu de l'écouter, je dévalai en glissant l'autre versant, au-delà des saillies rocheuses de la crête. Devant moi, des fils de fer barbelés luisant au soleil me barraient la route. Me jetant à plat ventre, je me faufilai dessous.

Alors que j'émergeais de l'autre côté, j'entendis un craquement sec : la vareuse de mon uniforme était prise dans les barbelés, et le tissu gris se déchirait.

– Zut ! marmonnai-je.

Je dégageai mes bras des manches, abandonnant le vêtement sur place pour ne pas perdre de temps. D'ailleurs, c'était plus sûr : en T-shirt blanc et pantalon gris, je n'avais plus tout à fait l'air d'un soldat confédéré.

Du bas de la colline, un méli-mélo d'uniformes bleus, hérissé de fusils, venait vers moi. Je tombai accroupie derrière un amas de buissons.

J'avais imaginé le site de la bataille d'après les descriptions de Charlie. Or, la vision que j'en avais à présent était très différente ! Ça grouillait de gens partout, qui criaient et brandissaient des armes. Les canons tiraient sans discontinuer, répandant dans l'air un voile de poudre grise.

Dans tout ce bruit et cette confusion, j'avais du mal à rassembler mes idées. « C'est donc ça, la guerre ! pensai-je. Une immense pagaille. »

Il y avait tant de fumée que je ne distinguais rien à plus de trois pas. Pourtant, comme par miracle, dans la masse d'uniformes bleus montant à l'assaut, je repérai soudain George. Ses courts cheveux sombres disparaissaient sous un képi, et elle portait un pantalon et une veste beaucoup trop amples. Mais j'aurais reconnu entre mille sa mince silhouette athlétique. Me jetant à sa rencontre, je hurlai :

– George !

Elle eut un mouvement de recul, sous l'effet de la surprise, et abaissa son fusil.

– Nancy ? fit-elle, comme si elle hésitait à m'accueillir – Bess n'avait sans doute pas eu le temps de l'informer de notre réconciliation.

Soudain, elle m'adressa un large sourire et, ouvrant tout grand ses bras, elle m'étreignit. C'est George tout craché, ça ! Elle n'est pas rancunière pour deux sous.

– Qu'est-ce que tu fiches, Nancy ? me lança-t-elle. Tu désertes au profit de l'Union ?

Je lui rendis brièvement son étreinte, en criant :

– George, nous avons besoin de ton aide ! Il y a un saboteur en liberté ! Nous devons l'arrêter avant qu...

Il y eut soudain une accalmie des salves de canon, et l'air s'éclaircit. J'entendis un bruit de sabots, le hennissement aigu d'un cheval, et je regardai vers l'aval.

Un robuste cheval broutait la longue bande herbeuse du bas de la pente, juste en deçà des lignes de combat. L'homme qui le montait était grand et costaud, coiffé d'un chapeau mou d'officier. À son maintien de matamore, je sus qu'il s'agissait d'Art Jeffries.

Un pressentiment obscur – une intuition, si vous préférez – m'amena à regarder vers le faîte de la colline. De là où nous étions, on ne distinguait que de dos les tireurs d'élite qui pointaient leurs fusils vers les Rebelles en marche.

L'un deux se distinguait pourtant du lot : se profilant sur la ligne de crête, il était tourné face à nous.

Accroupi sur un genou, il leva son fusil, le cala sur son épaule, puis inclina la tête pour prendre la visée. Le soleil se refléta sur ses lunettes. J'entrevis les boucles grisonnantes qui dépassaient de sa casquette.

D'un geste prompt, il mit en joue Art Jeffries.

# 13. Victoire !

Un hurlement retentit. Je réalisai qu'il était sorti de ma propre gorge. Et qu'il était parfaitement inutile. À part George, personne ne pouvait m'entendre, dans cette pagaille !

M'emparant d'un revolver factice qui gisait à terre, je l'expédiai de toutes mes forces en direction du tireur – qui, à n'en pas douter, était Hammond. Il entrevit du coin de l'œil l'arme qui filait dans sa direction, et fit un écart. Cela suffit à détourner son tir. Au lieu de fuser vers le bas, sa balle monta vers le ciel.

Entre-temps, George s'était ruée au pas de course vers Jeffries.

– Colonel Jeffries ! hurla-t-elle, s'efforçant de dominer le fracas de la bataille.

Je n'attendis pas de voir si elle parvenait à entraîner Jeffries à l'abri. J'étais bien trop occupée, de mon côté, à grimper à toute vitesse vers Hammond, qui m'avait repérée. Serrant son fusil, il fit volte-face et commença à escalader les rochers pour m'échapper.

Au même instant, la ligne de tête des Rebelles à l'assaut déborda le faîte de la colline. Ils avaient réussi à parvenir jusque-là sans se laisser impressionner par les tireurs de l'Union. On vit briller les baïonnettes au canon alors que les deux camps entamaient leur corps à corps.

La déferlante des soldats refoula Hammond en arrière. Un Nordiste lui cria :

– Hé ! Vous utilisez de vraies balles ! Les charges à blanc ne font pas cette fumée-là !

Le saisissant alors par les épaules, il le tira en arrière. Deux autres participants, qui avaient entendu l'accusation, jetèrent leurs fusils, bondirent sur Hammond et luttèrent pour le plaquer au sol.

Hammond était peut-être en forme, pour son âge, mais il était surpassé en nombre. Lorsque je parvins près de lui, il avait cessé de se débattre et tentait de rechausser ses lunettes brisées. Il me foudroya du regard, en sifflant :

– Si tu te mêlais de tes affaires ?

Je n'eus pas le temps de répondre, un des acteurs de la reconstitution lui jetait d'un air scandalisé :

– Tu ne respectes pas les règles !

Il arracha à Hammond son fusil chargé et continua :

– Suis-nous, bonhomme. Tu es bon pour la cour martiale !

J'emboîtai le pas aux soldats qui emmenaient Hammond vers une vaste tente en toile. Art Jeffries y était assis sur une caisse en bois, son chapeau mou posé sur le lit de camp derrière lui. Il était en nage, apparemment bouleversé. Il tressaillit lorsque les soldats traînèrent à l'intérieur de la tente Hammond, tête basse.

– Ce type a violé les règles, annonça un homme du colonel Jeffries, décochant une bourrade coléreuse au coupable.

Je m'avançai, le fusil de Hammond à la main. Je dégageai le barillet et secouai l'arme : deux vraies balles tombèrent à terre.

– Regardez ça, monsieur Jeffries !

Le colonel pâlit, mais ne tarda pas à recouvrer sa superbe.

– Qu'est-ce que c'est que ça, soldat ? tonna-t-il.

Lentement, Hammond releva la tête. En

voyant son visage, Jeffries eut un mouvement involontaire.

– Marcus Hammond? fit-il. Voilà plus de vingt ans que tu es parti, et que je n'ai pas pensé à toi. Pourquoi es-tu revenu à River Heights?

– Je vous en ressers, les filles? s'enquit Hannah, qui apportait un deuxième plat chargé de victuailles.

On était dimanche soir, et nous étions rassemblés dans la salle à manger pour une sorte de « repas de réunion ». J'étais là, ainsi que George et Bess, bien entendu. Avec nous : papa, Hannah, Ned, Mme Walters et Harold Safer.

– Oh oui, j'en reveux ! s'exclama Bess, se pourléchant les babines. J'adore ton poulet farci, Hannah !

– Attention, Bess, la taquina papa, c'est du poulet *sudiste*.

Elle rougit, mais riposta en gardant son calme :

– J'apprends à faire preuve d'ouverture d'esprit, monsieur Drew !

Tout en se versant de la limonade, papa se tourna vers moi :

– Alors, Nancy, quels sont les derniers développements de l'affaire ? Que t'a dit le chef McGinnis ?

– Marcus Hammond a livré une confession complète. Une histoire classique : un homme s'enferre dans une série de mensonges, puis se met à commettre des actes répréhensibles pour les couvrir, jusqu'à ce que la situation devienne incontrôlable. Au départ, Hammmond voulait uniquement tirer parti d'une vieille amie – Mme Walters – pour réaliser des affaires.

– Il avait son entreprise de recherches généalogiques en ligne ! observa George.

– Euh... oui et non, fis-je. En réalité, c'était une arnaque. Les gens lui envoyaient de l'argent, et il leur faisait parvenir des arbres généalogiques bidon en échange. Cela ne marchait pas très fort, la concurrence des entreprises honnêtes était trop vive. Il a pensé qu'une reconstitution lui amènerait de nouveaux clients.

– Et ça n'a pas manqué ! commenta Bess. Tout River Heights a eu recours à son site.

– C'était justement le problème, expliquai-je en croquant un des délicieux sablés d'Hannah. Il n'avait pas prévu d'avoir autant de demandes. Comme il ne pouvait pas suivre, il a eu recours aux faux qu'il avait déjà fabriqués.

– Voilà pourquoi tant de gens croyaient avoir des ancêtres dans le 7e de l'Illinois ! dit papa.

– Exactement. Mais les choses ont commencé à sentir le roussi : Pam Mattei a débarqué à Postdam et s'est mise à fouiner de côté et d'autre.

– La directrice de l'entreprise pyrotechnique ? s'étonna Bess.

– En fait, c'est un agent du FBI qui enquête en sous-marin sur les escroqueries de l'Internet, précisai-je. Les trafics de Hammond n'étaient que roupie de sansonnet, pour un service comme le sien. Mais ils n'étaient pas sans relation avec son enquête en cours, alors elle a voulu examiner de plus près ce qu'il manigançait. Hammond est venu à River Heights pour brouiller les pistes. Elle l'y a suivi. Dawn's Early Light était sa couverture.

– Je m'explique son incompétence ! s'exclama Harold Safer, en bout de table. Elle a réussi à me blouser au début, d'accord. Mais c'est normal : je ne connais rien aux explosifs !

– C'est donc pour ça que Marcus était sur les nerfs bien avant de venir ici, observa Evaline Walters. Il était déjà dans son collimateur ! Quand Agnès Mahoney lui a écrit pour contester ses recherches généalogiques, il a très mal réagi.

L'air embarrassé, elle soupira :

– Cela aurait dû me mettre la puce à l'oreille…

– Vous ne pouviez pas savoir qu'il s'agissait d'enquêtes bidon ! objecta Bess.

Evaline soutint :

– J'aurais dû m'en rendre compte. Après tout, je suis bibliothécaire ! J'aurais dû également me souvenir de la rancune de Marcus envers Art Jeffries et Mme Mahoney. C'est sa haine pour eux qui lui a valu tous ces ennuis.

– On dirait que ça l'obsède, fis-je. Que s'est-il donc passé autrefois ?

Mme Walters commença :

– Comme tu le sais, M. Mahoney a fait perdre son affaire à Marcus. Tu comprends, à l'époque, Art Jeffries était le chauffeur des Mahoney. Quant à Marcus, il exécutait un travail de maçonnerie dans leur propriété. Il a surpris Art en train de siphonner l'essence de la limousine, et a menacé de le dénoncer. Mais ensuite Art a pris Marcus sur le fait alors qu'il utilisait des matériaux de qualité douteuse, et a exercé un chantage pour le contraindre au silence.

– Ils étaient tous les deux coupables, donc, observa Papa.

Evaline Walters acquiesça et continua :

– Finalement, ils se sont dénoncés l'un

l'autre. Agnès Mahoney a pris le parti d'Art Jeffries. C'était un employé de longue date, et il savait s'y prendre pour flatter les gens importants. Elle a signalé à feu son mari que Marcus rognait sur le coût des travaux. M. Mahoney a utilisé cette information pour ruiner l'entreprise de Marcus. J'ignorais tout cela, à l'époque. Je voyais que Marcus était sombre et préoccupé, mais je n'en connaissais pas la raison. La veille de son départ, il m'a tout raconté.

– Alors, depuis toutes ces années, il guettait sa vengeance ? supputa George.

– Non, pas réellement, dit Evaline. En fait, tout est remonté à la surface quand il a reçu la lettre de Mme Mahoney. Si vous aviez vu sa jubilation mauvaise, lorsqu'il m'a communiqué ses soi-disant recherches sur Josiah Mahoney !

– Vous croyez qu'il a tout inventé ? s'enquit George.

– Oui, pour le seul plaisir d'humilier Agnès.

J'enchaînai :

– Ensuite, il a eu l'idée de trafiquer ses plaquettes de frein. Sur une impulsion, il a flanqué l'outil dont il s'était servi dans la voiture d'Art Jeffries, pour l'impliquer. Une façon de faire d'une pierre deux coups. De leur nuire à tous les deux en même temps.

– Et le gros caillou expédié dans ton pare-brise ? glissa papa. C'est aussi son œuvre ? Cela ne pouvait nuire ni à Art Jeffries ni à Mme Mahoney, pourtant.

– N'empêche qu'il a reconnu être l'auteur de ce méfait, dis-je. Selon ses déclarations, il a suivi Pam Mattei sur le site de la reconstitution, ce soir-là. Il n'était pas tranquille, il se demandait ce qu'elle avait découvert. Alors qu'il était sur place, Charlie Adams s'est pointé. Il s'est planqué aussitôt en espérant ne pas être repéré. Mais il a entendu l'appel que Charlie me passait sur son mobile, et il a eu peur que je me mette moi aussi à ses trousses. D'où le bris du pare-brise. Il escomptait me faire peur.

Ned commenta avec un large sourire :

– Une tentative vouée à l'échec !

– Et le coup du feu d'artifice ? fit Harold. C'était encore lui, j'imagine ?

Il n'avait toujours pas digéré qu'on ait saboté son pique-nique !

– Oui, confirmai-je. Ce sont ses empreintes qu'on a retrouvées sur les commandes informatiques. Et l'appel reçu par Wilson provenait de son mobile : il a lancé une fausse alerte pour attirer les artificiers loin des plates-formes de lancement.

– Ce qui prouve bien qu'il n'a rien d'un criminel professionnel, souligna Mme Walters. Il a semé des indices partout.

Une part d'elle-même désirait encore défendre son ancien soupirant, je crois ! Je ne manquai pas de souligner :

– Il croyait pouvoir agir en toute impunité, ses empreintes ne figurant pas dans les fichiers de la police. Il ignorait que je les avais relevées dans notre chambre d'amis. De plus, son mobile était enregistré au nom de Martin Halstead. Il s'imaginait que personne ne pourrait établir le lien entre un dénommé Marcus Hammond et le sabotage du feu d'artifice.

– Il a perdu de vue, intervint papa, que Nathan Emory, Todd Willetts, et d'autres encore, participaient à la reconstitution de la bataille de Black Creek, et qu'ils pouvaient l'identifier sous le nom de Martin Halstead.

– Il semble qu'il avait recours à ce nom d'emprunt depuis une dizaine d'années, révélai-je. Depuis qu'il avait failli se faire prendre dans une autre tentative d'escroquerie.

– Et le cyanure dans la gourde ? demanda alors Mme Walters, l'air triste. Était-ce… pour me nuire ?

– C'était aussi un acte improvisé, expliquai-je. Il avait du cyanure sur lui, qu'il comptait verser subrepticement dans le verre d'Art Jeffries. Or, celui-ci n'a pas assisté au pique-nique. Mme Mahoney y était présente, en revanche. Lorsque Nathan Emory lui a remis la gourde, il s'est dit qu'il tirerait parti de cette opportunité. Mais il n'en a pas eu le loisir : elle vous a offert l'objet.

– Voilà pourquoi il était contrarié ! Moi qui m'étais imaginé que c'était parce qu'on m'attribuait le mérite de la reconstitution !

– Il s'est emparé du récipient et vous a éloignée du pique-nique, repris-je. Mais, avant votre départ, il a mis le cyanure dans la gourde : son but était de semer le désordre. À son avis, les gens se focaliseraient forcément sur les empoisonnements et en oublieraient leurs généalogies bidon. De plus, Mme Mahoney et M. Jeffries seraient discrédités aux yeux de tous.

– C'est pour ça qu'il a trafiqué l'onguent ? demanda Bess.

– Exact. Nathan Emory s'était vanté en sa présence de sa vente de fioles – qui n'avaient rien d'ancien, je le signale –, et il a eu l'idée de trafiquer leur contenu. Il connaissait Mme Walters, il n'a donc eu aucune peine à se faire admettre dans la cabane sous le prétexte de donner un coup de main.

George voulut savoir :

– Et le fusil chargé à balles réelles ? C'était aussi pour fiche en l'air la reconstitution ?

De nouveau, je hochai la tête :

– L'idée lui en est venue lorsqu'il a su que Nathan Emory avait des balles Minié. Il lui en a acheté deux caisses. Puis il a eu peur que j'aie vent de la transaction et les trouve. Il est donc parti d'ici sans avertir Papa, s'est introduit dans l'arsenal et y a dissimulé les boîtes. C'était un jeu d'enfant, ensuite, d'y entrer le matin de la reconstitution, en uniforme confédéré, et de s'en lester les poches.

– Il était en Nordiste quand on l'a pris ! protesta George.

– Il avait deux costumes, et passait de l'un à l'autre pour échapper aux recherches de Pam Mattei et aux miennes. C'est en tenue nordiste qu'il s'est mêlé aux canonniers de l'Union pour tirer une salve avec dix minutes d'avance sur l'emploi du temps prévu – afin d'enclencher et désorganiser la bataille. Dans la confusion générale, il pourrait se faufiler jusqu'à Art Jeffries et faire feu sur lui. Je ne crois pas qu'il voulait le tuer – il est trop mauvais tireur, de toute façon. Mais le hasard aurait pu s'avérer meurtrier…

– Bref, tu es allée de rebondissement en rebondissement, Nancy ! Vu l'excitation de ton enquête, tu n'as même pas cherché à savoir l'issue des combats, c'était trop ennuyeux pour toi ! lança papa, espiègle.

Embarrassée, je balbutiai :

– Euh..., je n'y ai plus vraiment pensé, je...

En fait, j'avais manqué cet événement capital dont tout le monde parlait ! J'avais passé le plus clair de la bataille au commissariat, après l'arrestation de Hammond !

– Et... qui a gagné ? m'enquis-je.

– Le Sud, pardi ! fit papa avec un large sourire.

Bess lui expédia à la tête sa serviette roulée en boule :

– Parce que les vieux routards des reconstitutions ont aidé les Confédérés ! C'est injuste !

Il éclata de rire :

– Pas du tout, Bess ! Parce que l'armée sudiste a bel et bien remporté la bataille de Black Creek pendant la guerre de Sécession ! Les reconstitutions sont toujours fidèles à la vérité historique, voyons ! Tu ne t'étais donc pas demandé comment s'étaient terminés les combats ?

– Non, monsieur Drew, admit en rougissant mon amie. Je m'étais imaginé que les troupes du colonel Marvin l'avaient emporté ! C'est un si grand héros.

– Mais on se méfiera la prochaine fois, déclara George, un large sourire aux lèvres.

Se levant d'un bond pour venir me prendre par les épaules, elle conclut :

– On aurait dû s'en douter : le camp élu par Nancy Drew est forcément le vainqueur !

FIN